U0935423

Miss * 爱 + 时光

记忆 爱

AZURE | 著

在 这 世 上 最 重 要 的 ， 只 有 相 爱 这 件 事 ， 这 是 你 告 诉 我 的

海峡出版发行集团 | 海峡文艺出版社
THE STRAITS PUBLISHING & DISTRIBUTING GROUP
Haixia Literature & Art Publishing House

图书在版编目（CIP）数据

记忆爱 /AZURE著. —福州:海峡文艺出版社，2012.12
ISBN 978-7-80719-931-1

Ⅰ.①记… Ⅱ.①A… Ⅲ.①言情小说－中国－当代
Ⅳ. ①I247.5

中国版本图书馆CIP数据核字（2012）第279161号

记忆 爱

作　　者 AZURE
总 策 划 贺鹏飞
策　　划 陈绍敏
责任编辑 王顿顿
特约编辑 周冬辉
出版发行 海峡出版发行集团
海峡文艺出版社
经　　销 福建新华发行（集团）有限责任公司
社　　址 福州市东水路76号14层　**邮编** 350001
发 行 部 0591-87536797
印　　刷 三河市华润印刷有限公司
印厂厂址 河北省三河市杨庄镇杨庄村　**邮编** 065299
开　　本 640毫米×960毫米 1/16
字　　数 130千字
印　　张 13.5
版　　次 2013年4月 第1版
印　　次 2013年4月 第1次印刷
书　　号 ISBN 978-7-80719-931-1
定　　价 23.80元

如发现印装质量问题，请寄承印厂调换

目　录

Chapter 1

好像，很久很久，没有这么安稳地睡过一觉了。

这是我睁开眼后的第一个念头，不知道为什么，就是觉得这一觉睡得特别安稳、特别……空白。

空白。

这大概是我的大脑在清醒后接收到的第二个信息。

我不知道该怎么形容“空白”这种感觉，但就是很空白，整个大脑好像瞬间被一扫而空，什么情绪都没有，什么记忆都没有。

我起身，环视着整个房间，居然是陌生的，可我，睡在这儿。

“我……是谁？”我慢慢地下床走到旁边的化妆镜前，看着镜中的

自己，那张脸的确很陌生。称不上多美的脸，但是散发着一股强势的特质，高高的颧骨，浅奶茶色的头发……

“我失忆了？还是我发生了什么事？那么我又到底是谁？”

真是奇怪，我竟然一点都不惶恐，是因为我的大脑完全空白的关系吗？正常人一觉醒来发现自己失忆的感觉是什么？

走着陌生的路线，我一步一步摸索着四处看看，发现这是一间很简陋的平房，刚刚又经过了两间房间，都没有人。走到了小小的客厅，灯亮着，但仍然没有人。

我这是在做梦，还是……

目光一扫，我发现客厅还设着一个灵堂，我愣愣地看了一下。

怔住了。

照片中的脸不陌生，是在我如此空白的脑袋里留下的第一张人脸——我自己的脸，我自己的照片。

“我……死了？”

我听见自己讷讷地说出这三个字。

莫名的、小小的哀伤。

原来我不是失忆了，而是死掉了。

这就是死？

或许是脑袋太空白了，真的太空白了，就算真的知道自己死了，却找不到该有的遗憾。看着灵堂，我陌生地念出自己的名字："佟……依依。"旁边还写着"享年二十五岁"。

佟依依，感觉起来，我应该是个很单纯，拥有简单人生的人，只是真的是这样吗？

咔嚓——

客厅陈旧的门被人打开，发出了很响的声音。我下意识地转过头，看见了一位老奶奶，拄着拐杖，一步一步地走了进来，很不方便地在矮矮的木椅上坐下，然后，她用非常哀痛的目光，看着我的照片。

瞬间，我感觉到有什么液体缓缓地淌在我的脸上，是眼泪。我哭了？为什么……看着她，我莫名地感觉到自己的心好痛好痛。那人，是我的奶奶吗？

"依依啊……奶奶真是白发人送黑发人啦……唉……走了也好，走了也好，人啊，如果活得太苦了的话，活着也是受罪。只是……奶奶还是舍不得你啊！真的舍不得啊……"说着，她无声地哭了起来。

无声的悲伤。

或许是受不了看着一个我完全没有印象的人为我悲伤，我莫名痛心，冲了出去。我冲到外面陌生的街上，无力地蹲着。

无助，真的很无助。

我不知道每个人死了是不是都没有记忆了，不知道人死了到底该何去何从，不知道……我不知道……

我只是很希望，在这么空白的世界里，能有一个人，至少告诉我我是谁，至少说他认识我也好。

跟我说说话就好了。

我不要一个人。不，一个鬼……

“很少见呢，鬼也流得出眼泪。”一个穿着海军上校服装的男人，不知何时出现在我旁边，他见我抬头看他，还微笑地摘下他的海军帽略微示意。

“不能吗？”我勉强地挤出三个字。

“嘛，谁知道呢。”

真是莫名其妙的对话。

“你也是鬼吗？”

“你说呢？”

这样啊，虽然是个奇怪的人，不过还肯跟我说话就好了。

“我是来接你的。”他顿了顿又继续说。

来接我？什么意思？

“你是牛头马面，还是鬼使神差？”

“嘛，都不是。别问这么多了，走吧。”

“至少，让我知道你的名字吧？”我皱起眉，怎么会有这么不讲理的人，说走就走，当我是谁？

“上校，你干脆就这么叫我吧。这样，你可以跟我走了吗？”

“要去哪儿？”

“你应该没有记忆吧？”

我一愣，才发现他真的很不简单，好像知道很多事……

“我们住的屋子里，最近也刚收留了一个没有喝孟婆酒就失忆了的家伙，你难道不想见他一面？”

“所以你的意思是，正常死掉的人，没喝孟婆……酒之前，是不会失去记忆的？”

“嗯。”

“真是奇怪，我什么也没告诉你，你却好像什么都知道？”我狐疑地看着他，因为实在太可疑了，我不能说走就走。

他一听，长叹了一口气，眯起眼看着我：“大小姐，你的疑心病是与生俱来的吗？反正你都挂了，还怕什么？吃了你？杀了你？别搞笑了好不好！”

我一时语塞，他说得我连反驳的机会都没有。刚刚我不是还在期望至少有个人跟我说说话，知道我是谁也好不是？怎么现在人出现了，我却还……

“好，走吧。”

不过也多亏了这个人，跟他说上几句话，我的个性好像就突现了出来，原来这就是我啊，脾气应该不好，并且又有疑心病。

跟着那家伙的脚步，才发现他看来不像是现代的人，不会是战争中死掉的人吧?

走着走着，我忍不住回头往那间有我灵堂的屋子再看了一眼。

怎么感觉我似乎真的，渐渐地，渐渐地离开了什么，一段人生，还是……爱我的人?

“别回头了，我最讨厌总是抓着过去不放的人。抓着不放又能得到什么？什么也没有，因为没有回到过去这种事，更没有死而复生这种事……”他背对着我走在前头，冷冷地说。

我抿抿唇，看着上校的背影，不知道为什么，他的那段话听在我耳里，似乎真正抓着过去不放的人，其实是他自己。

死亡。

果然不是一件很值得开心的事。

不知不觉，我跟着他竟然走到了一幢巴洛克风格的别墅前。不但如此，别墅后面还有一片森林，简直像度假胜地……

“好了，你就自己随便逛逛吧，屋内的所有房间，只要没人住的你都可以使用，就这样吧。”说着，上校往旁边另一间小屋子走去。

“喂……等等……”至少也带我走进屋吧!

我叹口气，望着屋子，那种无助的感觉，还是在心头徘徊着。上校说像我这样没有喝孟婆酒就失忆的鬼，是不正常的，那么又为什么我会这么不正常？又为何这么恰巧有个家伙跟我一样?

我是不是问题太多了？明明还没进那栋屋子里，我的问题就这么多……

我生前难道就是个优柔寡断的人吗？这种个性也太讨厌了。

决定不想那么多，我一鼓作气穿过种了许许多多玫瑰的前院，那景色真是难得的美，感觉自己像在梦中。

打开大大的门，出乎意料，里头给人的感觉并不阴暗，本来我想这屋子会不会像鬼片里的那样。

很安静倒是真的。

真的感觉自己来到了一个异境，就像爱丽丝那样，会不会，到头来这真的只是一场梦？一场感觉好像有点冗长的梦？

经过了前厅，又经过会客厅……这里大得出奇，走到最后面才来到所谓的厨房。

还没进入厨房，就隐隐约约地看到一个男人在吃饭。有点不真实，毕竟这里应该是所谓的死后世界，居然还能看到有人在吃饭。

“你好……”我尴尬地笑了笑，对他打了声招呼。

他像是完全没听到我说话似的，径自吃着饭，低头不语。从我这个角度看他，发现他其实是个轮廓很深的、很有型的家伙。啊，这就是帅吧。

不过，他听不见我说话，莫非他是人？

“呃……你好。”这次我干脆走到他旁边，稍微弯下身子，近距离看着他。

“有事吗？”他冷冷地说着，眼睛仍然不看我一眼。

“没事。”我一听，也冷冷地回道。这家伙根本就听得见，这种态度也太讨人厌了吧！

“啊……你来了啊！欢迎你！”

忽然，厨房连接着的后门有人进来，是一位简直像是金发娃娃的女孩，很可爱的穿着风格，跟她的脸简直是绝配，再加上那娃娃音……应该只有十二三岁吧？

“你好。”我愣愣地点头道。

“我是这幢别墅的主人，欢迎你，你可以叫我罗莉。”

“哦……”很适合。

“看来你们已经见面了呢，真好。你们可以自己去聊一聊，因为你们两个是整个冥界的例外，同样都是没有喝孟婆酒就失忆的鬼，这可不是好事呢。呵呵。”她用着那像是藏了什么玄机的语气说着。

“不用了。”

“不用了。”

我跟他几乎异口同声地说道。一发现这点，我们还同时地互相瞪了一眼！

“呵呵！好有默契啊！”说着，罗莉便慢慢地走出厨房。

而那家伙也站起身跟着走了出去。

独留我一人，在这陌生又豪华的厨房里。

又一个人。

我真的还没办法进入状态，进入这个死后的世界。没有记忆，没有容身之地的感觉，很不好。我颓丧地蹲坐了下来，背轻轻靠着桧木制的餐桌，很无奈。

这比死得不明不白还惨，因为我连自己到底是谁都还搞不清楚——为什么那家伙明明跟我一样，却不能体会到这种心情呢？这种时候，我们作为有相同际遇的人，应该要互相帮助才对啊！

至少……一起想想解决的办法，一起说说话也好啊……

想哭，却发现，我竟然连眼泪也滴不下来，那种哽咽在喉头满满的感觉，真的快要把我给窒息了。

我好像在厨房睡着了。可是，等我再度睁开眼，竟然是躺在非常舒服的床上，甚至还有粉色的公主帐围着整张床。

“这是……”连续两天睁开眼，都躺在不同的陌生地方，我真的越来越混乱了。

不过，我侧头一想，这么欧式风格的地方，难道是有人把我扛到了某一房间？

我站起身走到那白色格子窗前，看着外面的景象。果然，是昨天那里没错，我还以为睡一觉起来我还没死呢。唉……

走出房间，才渐渐发现，人死后其实跟活着好像差别不大，一样会睡觉，甚至还会吃饭，除了活人看不见我以外，就像是重生到了另一个世界一样。

这里应该是二楼，长长的走廊上，一点声音也没有。

真受不了这种气氛，这种——四处都充满了孤独的气氛。

正当我要下楼时，才发现往三楼的方向，隐隐约约有些声响，好奇的我缓缓走上去，反正上校都说了，这屋子我可以住，所以应该也没有禁止去的地方吧。

爬着楼梯越往上走，那嘈杂声越明显。

直到我走到三楼跟二楼没两样的走廊时，才发现好像是音乐。有人在唱歌，且还有电吉他的声音。

我随着声音走到了三楼最后一间房间，这才清楚地听见歌词是什么。

忽然，我越听越觉得这旋律是那样熟悉，脑海里好像迅速地被什么拉扯着，一些片段若有若无地翻动着……

我傻傻地道："这首歌……不应该是这样的……它应该是钢琴当作主背景的……它的歌名叫……'当你'。"

忽然，由电吉他伴奏的摇滚版《当你》中止，门被用力地打开，只见昨天那家伙，拎着一把电吉他，很不悦地瞪着我。

"你在这里干吗？"

“我……”

“偷听就算了，你凭什么说不应该是这样的？同样没记忆的人没资格这么说吧！”

“我……我就是知道你弹错了，用错乐器了！”

“哦？那你来试试啊，告诉我什么是正确的。”

瞪了他一眼，我真觉得这家伙很讨厌。

走进了那间房间，才发现里面根本像是一间设备齐全的练团室，什么样的乐器都有，我指着钢琴说道：“这首歌应该是使用这个乐器。”

“哦。”

“可是我不会弹钢琴。”我勉强地说着。

“你又知道了？”

“我就是知道。”因为它看起来很陌生。

他沉默了一下，放下电吉他，走到钢琴前，闭上眼睛。

我还在想这样他要怎么弹琴时，熟悉的钢琴前奏响起，我整个人怔住了……

如果有一天，我回到从前，回到最原始的我，

你是否会觉得我不错。

如果有一天，我离你遥远，不能再和你相约，

你是否会发觉我已经说再见。

（《当你》/王心凌）

短短的开头，不知道为什么，我竟然大声地哭了起来。

一直哭，一直哭，停不下来的那种流泪。

而他愣了愣，才唱了一半，他就停下来了。

"喂……你哭什么啊？"

"我不知道，可是这首歌里好像有我的记忆，我曾有的感受……就是莫名觉得很难过。"我赶紧擦了眼泪，努力平复刚刚激动的情绪。

"其实……我刚刚照你说的那样弹，好像也有什么画面从我脑海闪过。"他跟着我一起坐在地上，小声说着。

我们沉默了许久都没有说话。

这时我才打破沉默说："你想要找回记忆吗？"

"不知道。"

"你难道不想知道，自己以前是干吗的？或是还有没有没完成的梦？"

"知道有什么用？都死了，什么都不能做了！"他忽然大声说着，起身准备走人。

"至少能跟自己爱或爱自己的人说一声再见吧！连这点事情都不能做，连再见都来不及说……你甘心吗？"

他顿了顿，却还是迈起脚步走了。

我无奈地待在原地，真的很无奈。

忍不住想起刚刚他弹唱的那首歌，才发现他拥有一副好歌喉，很会唱。只是我不懂的是，为什么我会对这首歌有这种情绪？我应该不会乐器才对，那又为什么……

“烦死了！烦死了！”我也忍不住暴躁了起来！其实我懂他刚刚的暴躁，我们太不安了，想要找回记忆，却又怕会得到更多的失落、更多的遗憾……

没有地方好去，我干脆一个人继续待在这个房间里发呆。

也只能发呆，因为没有多少记忆可以回忆。

不知道过了多久，应该有好几个小时吧，那家伙又回到这间房间里，用着深沉的表情看着我。

“喂！”

“……”

“你叫什么名字？”

“干吗？”

“我叫郭宇翔。”

“哦……佟依依。”这家伙吃错药啦，干吗突然自我介绍？

“你有办法吗？”

“啊？”

“你不是说要找回记忆？”

“……是啊。”

“办法呢？”

“……不知道啊。”我吞吞口水说。

“算了，当我没问。”说着，他砰的一声关上了房门。

我愣了好几秒才反应过来：“喂！等一下！”

冲出门外，我用力抓住他的手：“有办法！我有办法！”不管三七二十一，我随便乱扯着。

抓住他的手，我才发现，就是这么一瞬间，我感觉自己像抓住了一根浮木，一根在我快要窒息时，救了我一命的浮木。

我勉强挤出了一个笑容给他。

“哦。”他冷冷地道。

一直到死才发现，记忆原来是这么重要的东西，只是，当寻找回来时，我，还能保持笑容吗？我，是否反而会怀念还未找回记忆时的自己？

Chapter 2

哐啷啷啷——

别墅屋檐的右边，悬挂着一串充满了东欧味道的风铃，随着风轻轻摇曳，哐啷啷啷地发出清脆的声音。

那声音，不知为什么，总让人感觉舒服。

就像置身在古老村落中的感觉。

一大早，我便偷偷地沿着三楼以上的阁楼，爬出了窗外，然后再攀爬到屋顶上来，欣赏着这一切对我来说还是很陌生的地方：无论是远处那看起来人烟比较多的城市，还是这恍如异境的小森林。

蓝蓝的天空、大大的太阳——我一直以为，鬼应该不能晒太阳的。

果然，人没死过，很多事情还真的不知道。

“啊啊……要在这里躲多久呢？”

那个郭宇翔现在应该到处在找我吧？没办法，在还没想到要怎么做之前，还是别看见他比较好，免得他又反悔了——说实在的，我还是不怎么喜欢他，要不是基于同是天涯沦落鬼的话，我才不会死抓着他不放呢。

“躲在这里干吗？这可是我的秘密基地呢，呵呵！”熟悉又甜美的声音从我背后传来。

“罗莉……”

回头看着她，她那头金发，在阳光下更是闪耀。

“你的同伴可是到处在找你哦。”

“是哦……”

瞥了她一眼，我忽然想到，也许罗莉知道什么。

“罗莉，你知道我们到底为什么会这样吗？还是……你知道我们是怎么死的吗？”

罗莉突然大笑说：“哈哈哈！你真是可爱，依依。”

“呃……”

“你真以为人死了变成鬼就等于变成神了？会知道你们同样都没有记忆只是凑巧，至于为什么……”

又来了，她好像总是喜欢给人一抹深不可测的笑容，我很想告诉她，那并不适合她，不适合那张拥有天使般纯真的脸，那样的脸，应该要有纯真的笑容才对，怎么……

“罗莉，你死很久了吗？”我没头没脑地脱口而出。

“你说呢？呵呵——当然很久啦！羡慕吗？我这样可是拥有经久不衰的童颜呢，四百年喽！”

“那你为什么到现在都没有投胎？”

听我这么一说，罗莉的脸渐渐沉了下来，冷冷地说：“小姑娘，你难道不知道，太好奇不是件……”

我越听越觉得她声音越诡异，忍不住转头看她——那一看，真是让我瞬间瞪大了眼睛！

“……好事吗？呵呵。”

那一瞬间在我旁边、在我面前的是一张宛如《咒怨》中女鬼般的脸！整张脸到处都是蛆四处穿孔！就连那闪耀的金色头发也变得像是洗坏的毛线般……

“啊——”反射神经带来的效果，就是大叫，这一慌、一吓，我整个人滚下了屋檐，硬生生地从屋顶摔落在地。

原本以为会很痛，才发现竟然一点感觉也没有。

我轻喘着气，才淡淡地说：“对哦……我已经死了嘛……”怎么又是这种失落感……

忽然，一个人影出现在我面前，他低头看了我一眼，冷漠的脸上出现了淡淡的笑容，并伸手要拉我。

“叫这么大声，看到鬼吗？”上校笑道。

我慢慢站起身，拍拍身上的灰尘，说：“是啊，真的看到鬼了。”

“扑哧……哈哈哈！”他忍不住大笑了起来。

我看着上校笑，也跟着笑了，因为我也发现，我的这句话很蠢。

“喂！佟依依，原来你在这里。”郭宇翔这时也从屋内走出来，一脸“终于被我找到了吧”的表情。

上校收起笑容，没事似的离开原地，而我则是一脸尴尬——我还没想到办法呢。

“你该不会在躲我吧？”郭宇翔用着怀疑的眼神看我。

我抿抿唇，说：“你会不会想太多了？我只是在想，要怎样才可以买些水饺来吃。”

“……你想吃东西？”

“不行吗？”

“也不是不行，你难道不知道鬼是不能吃饭的？”

我一听，皱起了眉，问：“啊？你说鬼不能吃饭？那昨天我看你在吃饭是我的错觉？”

“吃了也没用，那些食物你吃了也不会有味道，它只是轻轻滑进我们的体内，然后就会消失。”

“既然是这样，那你干吗吃？”

我就想鬼应该不用吃饭，果然被我猜中了，因为我从昨天到现在，竟然一点饥饿感也没有，当然也不会渴。

他一听，只是淡淡地瞥了我一眼，转身道："无聊吧。"

"无聊……"

我看着他默默地走进屋里，我知道，那并不是因为无聊，而是怀念，想试试看当活人的感觉到底是什么。毕竟我们没有记忆了……

"郭宇翔！"

"嗯？"他仅转了个侧脸看着我。

"唱歌吧！"说着，我咧嘴笑道。

"啊？"

"不知道为什么，我觉得……只要唱歌、只要还有音乐，我就觉得我可能还没死一样，这比吃饭好多了吧！"

"为什么我要跟你……"

"这也是找寻记忆的一个方法哦！唱歌吧！"

他愣了愣，眼神似乎有那么一瞬间迷蒙了一下，然后他又转身继续走。我则待在原地，想又被人当成傻瓜了吧，他一定认为我这个方法烂得不行。

"去三楼啊，愣着干吗？"

他的声音传了过来。我笑了，大大地笑了。

"啊！"

这是什么感觉，好像这两天的阴郁渐渐消失一般，好像太阳终于从我的世界探出头一般。

不管是什么，我只有一句话想说：谢谢你，让我不是一个人。

我们一起来到了三楼走廊最后面那一间房间前，我忽然说："对了，这里怎么会有一间都是乐器的房间啊？"

"听说是上校的娱乐间。"他搔搔头说。

"上校……你该不会也是上校接来的吧？"

"不是，我从我……"正要说些什么时，他停住了话语，瞥了我一眼，"我跟你说那么多干吗？"

还是一样难以接近。感觉他对人的防备心，似乎比我还要重。这也代表了，他其实比我还要悲观与不安。

"喂，我们要来唱些什么呢？"我甩开了刚刚瞬间的尴尬，率先冲进去。

"我哪儿知道。"

我走到了电吉他前，插了电之后，随意拨了琴弦一下，那充满了重金属味道的电吉他，莫名地，让我渐渐想到了好像很开心的旋律。

"你用电吉他帮我伴奏顺便加节奏音好不好？"

"什么是节奏音啊？"

“就咚咚咚的那种啊。”

“那应该是贝斯音吧。”他话一说完,露出了一抹“自己怎么会知道”的表情。

“随便啦，差不多是咚咚咚这样。”

“哦……”

“然后……”我越说，发现那首歌的旋律越是明显，兴奋地道，“你听我哼一段哦，伴奏音差不多就这样，噔噔噔——噔噔噔——噔——”

“扑哧……”

哼到一半我停了下来，愣愣地看着他:“你刚刚是不是有笑？”

“没有啊。好了，我试试看吧。”

“你笑了吧？”

“没有。”他斩钉截铁地说，脸还是一样臭。

当那节奏轻快的旋律一开始，瞬间，我仿佛闻到了某一年夏天的味道，那些歌词清晰地出现在我的脑海，这一次，脑海没有断层，很清晰的记忆出现了……而夏天的味道也越来越明显。

夢ならば覚めないで　夢ならば覚めないで

あなたと過ごした時　永遠の星となる

ほら　あなたにとって　大事な人ほど　すぐそばにいるの

ただ　あなたにだけ届いて欲しい　響け恋の歌

ほら　ほら　ほら　響け恋の歌

(《小さな恋のうた》/MONGOL800)

我边唱，边看着郭宇翔，那一秒我们都是笑着的，随着一小节又过一小节，发现他弹得越来越纯熟，就好像他也听过这首歌一样。

短短的3分多钟结束，原本充满了音乐的房间再度安静下来。

我们互相看着。

“你……会说日文啊？”他愣愣地说。

“欸，好像会。”

“那现在说几句来听听。”

“呃……好像又不会了。”

“……”

“那你呢，刚刚唱歌的时候，你好像很开心？”

“因为隐约想到一些开心的事，什么事也不清楚，就莫名觉得很开心。”他淡淡地说着，好像这不是他的心情一样。

刚刚在唱歌时，看到的开朗的他，就如昙花一现，又消失了。

“你看吧，就跟你说了，这也是找回记忆的一种方式！”

“才怪！好了，今天就先这样吧。”

恢复冷漠的他，转身走出了房间，我默默地看着，刚刚在我脸上的微笑也渐渐消失。

其实我没有说谎，这真的是找回记忆的一种方式，只是我不懂的是——为什么在刚刚那首歌里，明明很开心的时候，到了中间却突然有种莫名的伤感？

又来了。

我讨厌这种好像快想起某些片段，却仍然捉摸不透的感觉。

我想，他……会不会也是这样？

已经是第二次了。

跟着那奇怪的佟依依一起合奏歌曲的时候，好像都会有一些记忆的片段从我脑海里闪过，与其说是闪过，不如说是似曾相识的某些感觉，在那短短的歌曲中，不经意间，就侵入我所有的思绪。

弹那首《当你》的时候，感觉特别的哀伤，弹刚刚那首日文歌的时候，不自觉地就是想要笑，大笑。

对于我自己到底是谁这回事，从原本不好奇了，不想追究了，到现在又渐渐想要知道……都怪她，怪那个佟依依。

我缓缓走出别墅，往后面的那片小森林里走，如今这片小森林变成我最喜欢的地方。

或许是因为这里的确安静，让我自己渐渐相信我已经死亡的事实。森林里没有鸟、没有虫，只有偶尔随着风婆娑起舞的树叶声音。

我走到其中一棵树前，缓缓地闭上了眼睛，阳光照得我很舒服，

不过还真是奇怪，我一直以为鬼是见光死的……

记得那一天，我从自己的家里走到外面的世界，那感觉是多么彷徨无助，看着人来人往的人群，却没有半个人看得见我，也没有人回应我。

我一个人不知道怎么走的，走到了这仿佛与世隔绝的别墅前。记得那时是罗莉看见了我，她蹦蹦跳跳地跑到我面前，一脸好奇地观察着我，然后笑道:“啊，你看起来好像没地方可去，要来我这儿吗？”

我没点头也没摇头，她便拉着我往别墅里走……然后直到她问了我名字，我生涩地回答之后，才聊到我没有记忆这件事。

算算日子到现在，竟然才是一个礼拜以前的事情，但我却觉得好像已经过了很久。

很久了。

因为每天的日子都是如此空白。

上校跟罗莉是很奇怪的家伙，说孤僻也不是，但就是有一种难以亲近的感觉，所以这一个礼拜下来我总是一个人。

直到那个佟依依出现……

她的出现，真的让我有一种——可以逃脱这个世界的错觉，明明就已经死了，怎么还会有这种妄想呢?

“妄想……梦想……”我想起了昨天她对我说的那句话，“梦想啊……就算现在知道了，有用吗？”我嘲讽地笑，笑我自己，也笑她。

“不过，不知道自己所有的过去、所有有过的梦，我是不会甘心地承认自己的死亡的吧……”

是啊。

不会甘心的。

没有人愿意在一觉醒来之后，不但失去记忆，还发现自己突然死了的状况。

“啦啦啦——啦啦——”忍不住地，我轻轻地哼着刚刚那首日文歌的某一段旋律。

脑海中若有若无的记忆又在闪烁了。

脑海中有个女孩儿，她的脸有点模糊，但却是笑着的，我们好像正在一起合奏这首歌……然后片段交错,我又看见了她哭泣的面容……

惆怅的感觉缓缓占满整个思绪，我讨厌这思绪。

“生前的我到底是……怎样的人呢？”

是个好人就好。

那是某一年的夏天，我依稀记得。

某一年。

那一年好像下了很多雨，因为记忆中我好像闻到了很多雨的味道。

那雨的味道跟这里几天前下过的雨不一样，不是因为郭宇翔或是其他谁谁，但我知道，那不一样。

我看见一个白色的礼堂，礼堂内的布置了许多粉红色的装饰，无论是气球、玫瑰，统统都是粉红色的，好可爱。

我看见一对非常幸福的新人，在上帝的见证下，他们结为连理，然后，在婚礼派对开始的时候，那首日文歌，很大声地在派对中播放着，每个人都开心地笑着，跳着。

牵着我的手的人，也对我微微一笑。

那个人是谁？我看不清楚他的脸，但就是感觉很开心，很开心。新娘甚至还跑过来紧紧地拥住我，然后对我说了一些话，可是我听不清楚。

她会是我的朋友吗？

好朋友？

可是却没有那种特别熟悉的感觉。

婚礼结束后，我跟着那个牵着我的手的男人，缓缓走出礼堂，这下子我终于看清楚记忆里的我了，在阳光下我穿着一身铁灰色的上装，配着女式的西装裤，怎么我的打扮这么男性化？

男人轻轻在我的脸颊上落下一吻，然后又说了一些我听不到的话语，好奇怪，为什么明明有画面了，里面的对话却怎么也听不清楚。

我们相约到了礼堂附近的一间餐厅吃饭，那天我好像真的很开心，因为男人还找了乐师来我旁边拉小提琴，然后……

对！然后，在我们倒了红酒轻轻干杯之后，在冰桶里，出现了一个做工非常精美的戒指盒。

这是求婚？我想是的。

我的脸整个笑开来，之后感动得哭了。男人打开戒指盒，在众目睽睽之下单腿跪地，对我说着一连串的话，那一定是很感动的言语，因为我早就泪流不止，最后还用力地点了点头，在众人的掌声之下，我们拥吻。

多么幸福的画面啊。

我缓缓睁开眼睛，发现我刚刚似乎躺在乐器房的地上睡着了。

刚刚半梦半醒的脑海里，浮现了因为那首日文歌而牵引出的记忆。

我结婚了吗？

可是我看了看右手的无名指，并没有戒指。

是因为我死掉的关系吗？那么那个男人呢？

“我想要知道更多，我想要听得更清楚，那些对话……我想要……”

作为一个鬼，这些欲望会不会太多余？这些欲望会不会太可笑？

可是我就是想要。

我就是还没办法这样说死就死，那个男人……至少让我跟他好好道别吧，就算我已经忘了他是谁。

“记得上校是说我没喝孟婆酒就失忆了，那有没有恢复记忆的酒啊？”我说着痴人说梦的话。毕竟要真是有，罗莉或是上校应该早就带我去喝了吧。

轻叹了一口气，我坐起身，看着电吉他，看着钢琴，愣愣地说：“明天，去那间餐厅看看好了，搞不好我当时被求婚的画面，有被餐厅的人拍下来也说不定。”

慢慢地走出了房间，看着外面的阳光依旧刺眼，可那阳光却好像怎么照，也驱不散我心头的那些寂寞。

那些孤独。

“我一定是生前做了不少坏事，才会被老天这样惩罚吧。”

到底是失忆好？还是死亡好？我宁可选择死亡，也不要丢掉那些对自己来说每一天都重要的记忆，也不要让自己日日夜夜只拥有空白的日子，空白的思念。

Chapter 3

“又过一天了。”我在早上睁开眼睛的时候，第一个念头是这样的。

什么都没变，我仍然如梦似幻地躺在床上，粉色的公主帐，自己真的好像是某个贵族似的。

只是当这个贵族的代价太大了，真的太大了。

我很不情愿地坐起身，看着外面依然晴朗的天气，抿了抿唇。

“佟依依……佟依依……什么时候你这任性的家伙才要让记忆都重回灵魂里？”我自言自语着，像个傻子。

“你不知道当一个没有记忆的灵魂，很悲哀吗？”我叹口气。

再怎么不想面对现实，现实就是如此，不会改变，真的不会因为多睡了几个小时，睡到中午太阳晒屁股了就改变。

砰砰砰!

突然的敲门声让我吓了一大跳，门一开——只见郭宇翔一张臭脸对着我。

"又是你啊……"

"什么'又是你'？好像很失望？"

"还好。"我淡淡地说，面对他一贯的冷淡，害得我也不自觉用这种态度对他了。

"怎么了？今天感觉好像很没精神？"他用那不是很在意的口吻说着。

"多谢关心。"挥了挥手，我走出房间。

"喂，你要怎样？说要找记忆的人可是你。"

"我有说不找了吗？"我蹙眉,淡淡地说,接着就往客厅的方向走去,总觉得那边好像一直有叽叽喳喳的声音。

"欸，有没有人说过你的个性很阴晴不定啊？"他不高兴地说着。

我笑着道:"哈！抱歉哦！我失忆了，不知道。"我边嘲讽地笑，边移动我的脚步。

"喂！"他像是真的被我给惹毛了，用力揪住我的衣服大吼。

此时的我们恰巧停在客厅的门口前，里头正在看电视的罗莉也一副看戏的眼神盯着我们。

“你到底是怎么了？”他的口气不再那么凶地说。

“我……”

熟悉的一段前奏，从电视机里传出来，是一部韩剧，讲着我听不懂的语言，唱的歌也是韩文，但那旋律，却还是让我定格了。

真真实实地定格。

我看见了。在我的脑海里，我看见了。看见某一年的我，晚上独自在餐桌前凄凉地吃饭的模样，连灯也不开，反反复复好几个日子，我似乎都是这样过的……画面里的我，很难过，却流不出眼泪。

“怎么了？你对这部韩剧有印象吗？啊，这是最近又开始重播的韩版《流星花园》啦，在以前可是很红的呢。”罗莉呵呵地笑着说道。

整个思绪被她给拉了回来，我恍惚地看了郭宇翔一眼。

“你还好吧？”

“没事，你说得对，是我说要找记忆的。走吧，我们出发吧。”我努力不再让那首插曲不断地传进我的耳朵里，快步走了出去。

逃离电视里的音乐，我这才发现新大陆似的说：“啊，们居然还有电视可以看哦！”

郭宇翔一脸受不了的样子说：“你现在才知道哦！真是搞不懂你，阴晴不定！”

“说我阴晴不定，我看你才像个死人一样冷冰冰！”

“啊——抱歉哦，我本来就死了，当然冷冰冰。”他故意学着我刚刚的口吻说话。

“喂！你这人很小心眼啊！”

“呵呵。”郭宇翔瞥了我一眼，淡淡地笑了。

我一愣：“你……又笑了。”

“我是死了没有错，但我这个灵魂还是有喜怒哀乐的好不好！笑有什么稀奇？”

“因为冷冰冰通常都不笑的啊。”

他一听，用力地吸了口气，问：“你不是说‘出发吧’，请问我们要出发去哪里？”

“对哦。我昨天啊，跟你一起合奏那首歌的时候，出现了很多的记忆，比较清楚的记忆，所以我想去一个餐厅看看。”话说，刚刚我也是一样，因为听到某一首歌，记忆就一点一点地出现了，只是……好奇怪，难不成我的记忆都被存放在音乐里了？

“你该不会记忆都储存在音乐里吧？太扯了。”才这么想，郭宇翔就说了出来。

“难道你不会这样吗？”

“也不能说不会，但没有特别清楚的画面出现。”

“是哦……”

我们就这样说着走在街头，等到我们回过神，才发现已经站在到处都充满了人的世界。

而且看着许多人就这样硬生生地穿过我们的身体，那感觉有点不好受，虽然不会痛或是怎样，但那样地被穿透，就有种自己很透明的感觉。

“郭宇翔，你觉得鬼还能做什么？”

“什么做什么？”

“能不能飞呀？我讨厌一直被人穿过身体。”我撇撇嘴道。

“很抱歉，不能。”

“啊！”

这两天的相处，让我们的对话不知不觉变多了。但他还是不怎么讨人喜欢倒是真的。

总算找到了出现在我记忆里的那间餐厅，即便我们已经绕了大约两个多小时的路，但还好，因为不是人的关系，所以不觉得累。

虽然不会觉得累，可在精神上，还是挺累人的，以至我们到达目的地时，都有一种“终于”的感觉。

“佟依依……你这个死路痴！”

“我不是路痴好嘛！拜托！没有记忆的人还可以找到这里，已经算很神了呢！说我路痴，刚刚也不知道是谁拼命指了一些错误的方向，你才是！”

“好了，现在到了，进去吧。”他说着，便推开门，门上的小铃铛马上当当当地发出声音，服务生往门口一看，却发现没有人，搔了搔头以为自己听错了。

我进入了餐厅，看着已经差不多要到下午休息时间的这里，只剩一桌客人，看起来是个上班族又或者是个业务员，总之他似乎吃得很赶就对了。

仔细一看，才发现这一间小小的欧式庭园餐厅，晕黄的灯光把这里的每一个角落照得很有味道，红砖的墙壁以及饰有格子花纹的地板，然后，我的目光落在了旁边像是公告栏的东西上面。

我几乎完全忘了郭宇翔的存在，径自走到那面墙前。

那不是一个公告栏，而是来这里庆祝过某些特别日子的客人们，把自己的喜悦、自己的照片一起分享给了店家。

我一张张地看着，可以看到有些是一群中年人开心地笑着，就像参加久违的同学聚会，还有几对小情侣或者新婚夫妻的照片，甚至在照片上写着彼此祝福的话语。

一直看到最后，才发现有一张照片被其他的照片给压住了，我索性把上面那张给拿起来，再用图钉钉在其他地方。目光轻轻地落在那张照片上。

“你知道刚刚的动作要是被人看见了，会吓到人的，不要随便移动东西好吗？”郭宇翔这时走到我旁边来，叮咛着。

而我，则是呆呆地看着那张照片，呆呆地说：“这是……我……”

跟昨天回忆到的内容差不多，那是一张男方跪着求婚的瞬间的照片，连我脸上感动到哭的表情都没有错过。

“你结婚了？”

“没有。”

“所以你被甩了？”

“……不知道。”

你可不可以先安静？

我盯着照片，却一点感觉也没有，好奇怪……不应该是这样的……

我忍不住把照片拿了起来，想看得更清楚一点。

“喂！跟你说了不要乱移动东西！”

他用力地拍了我的手一下，照片就这样很轻盈地飘落，轻盈得好像很多过去都不再存在一样。

“怎么掉了？”一名刚走进来的中年妇女，恰巧看到了照片飘落的一幕。

“老板娘好，我来捡就可以了。”其中一名女服务员说道，并赶紧把照片捡起来。

“给我看看，”中年妇女接过照片，马上露出了怀念的眼神，“哎呀……是他们啊。”

“老板娘，这对情侣是您认识的人吗？”

“不，我不认识，只是对女人来说，我很羡慕，那一天实在太浪漫了。”

“嗯…… 看照片，那女生感动得都哭了呢。”

“嗬，换我也会哭呢。”她边说边慢慢地走到了柜台里。此时，连刚刚那最后一桌的客人，也都吃饱离开了。

我跟郭宇翔对望了一眼，决定继续听下去。

“怎么说呢？”女服务员脸上写满了好奇，对于一个小女生来说，浪漫的确是很吸引人的事情。

老板娘这时边说边找着柜台里的唱片盒，然后找到了其中一片放进了播放机里：“那天啊，那个小伙子还提前一天特地要我们帮他找小提琴手，并且特别要求奏一首曲子。”她说着，便按下了播放键。

一首有着淡淡的前奏的歌曲缓缓传出。

“什么歌啊？”

“听就知道哦，歌词更是浪漫呢。那时啊，我好奇地问，为什么要特别选这首？他说，因为他们第一次相遇时，这首歌刚好是他们的背景音乐，也许对方已经不记得了，但他就是想放这首来给对方一个惊喜。”

“好浪漫哦…… 我想起来了，这是梁静茹的《我是幸福的》！”听到了副歌部分，女服务员笑着说。

都清楚了。

昨天的回忆一直听不到的对话，都清楚了。由于这首歌的响起，那天的事在我的脑海中渐渐完整了起来。

我沉默着走出了餐厅。

当当当的声音又响起，我听见服务生说今天的门好像怪怪的！

傻瓜啊，因为鬼来过啊。

“你还好吧？”郭宇翔一脸担心地问。

“还好啊，只是觉得胸口闷闷的。”

“你又想起什么了对吧？”

我瞥了他一眼，摇摇头说：“哪那么容易呢。”我说谎了。只因为我不知道该怎么说。

没想到他却突然地把大手轻轻放在我头上，冷冷地道：“没关系，想说的时候再说吧。”

是错觉吗？为什么那一瞬间，我感觉到他的手竟然是温暖的，暖得……我又想哭了。

“嗯。”

就在我们慢慢地往回走时，郭宇翔忽然在一个巷口前停下了脚步。

“怎么了？”

他一直往里面看了好一会儿，才淡淡地说：“没，没什么。”

我们就这样沉默地走回家，只是我知道，我有没说出来的，他也有。

一个人回到房间，我倒在床上，什么都不想做。

真的越来越羡慕佟依依了，真的……看着她老是因为音乐就一点一点地恢复些许的记忆真好。

哪像我？

在我的世界里，还是空白的。

回想起我拥有的第一天的记忆，就是从一间非常狭小的房间开始，除了一张床跟一个衣柜以外，其他家具什么也没有。

打开衣柜，里头尽是一些跟这间房间的寒酸搭不上边的衣服，都是一些很时尚、穿起来很帅气的衣服，以及许许多多的配件，衣柜的下方还摆了五六双各种造型的军靴等其他鞋子。

我对这一切，完全陌生。

“我……是谁啊？”转身，发现床底下还有一个大大的铁盒，一拿出来看，才发现是一大沓的乐谱，奇妙的是我好像都看得懂。甚至还有一些练团谱……

“练团谱”这三个熟悉又陌生的字进入我脑海。

“我失去记忆了？！”这……太妙了。

好好的人睡一觉起来失去记忆？我又没受伤……

走到镜子面前，我仔细地看着脸，还不会太难看，至少我自认算帅的。

深吸一口气，我打开房门，才发现对面还有一间房间，可门却是锁着的，外头还摆了几双高跟鞋。我暗自判断，我住的应该就是那种很多人一起合租的独栋楼吧？

我小心地下着楼梯，二楼只有一间房间，外头挂着练团室的牌子，再往下走才终于到了一楼。

发现一楼的气氛不是那么好，感觉弥漫了一些悲伤的气氛。

走出了楼梯间，我马上看见了一个大大的灵堂，而灵堂上挂的照片，是我的。

是我的照片。

我愣了愣，却一点感觉也没有。

“我……死了？”是吗？难怪我会没有记忆了。

我缓缓地在其中一张椅子上坐下，目光一直盯着自己的遗照看，毕竟那对我来说还是一张陌生的脸。

然后我才看到了我的名字——郭宇翔。

我叫郭宇翔。

我轻叹了口气，有点茫然，是因为完全没有记忆的关系吧，对整个世界是陌生的，对自己是陌生的，所以就算发现自己死了，好像也没有太大的感觉。

没有太大的起伏，连遗憾也没有。

但空虚倒是很多，很多很多，莫名的空虚与寂寞，从我清醒的那一刻，就占满了整个胸口。

咔嚓。

一楼的大门被打开，一位长得很美丽，拥有一头浅奶茶色长发，以及大大眼睛的女生走了进来，而她的穿着十分火辣，可惜的是，她的表情却是哀伤的。

她看起来很疲惫地在一旁的沙发上坐下，然后盯着我的遗照看。

“好你个郭宇翔！你这不负责任的家伙！连死都这么不负责任！你以为死了就什么事都没有了吗？你以为丢下了我们，我们就会很开心吗？你以为……这样我就会想你了吗……”

她很激动，然后哽咽起来，我只是冷冷地看着。

不是故意这么无情，因为我完全不认识她。

“花心大萝卜！害你老娘我每天还要去应付你那一大堆的女朋友！你到底把我当成什么了？为什么连声回答也不给我，就直接死了呢？你就只知道逃避！你的人生都在逃避就好了！”

看着她边破口大骂边掉泪的样子，我只感觉这样很不合适，因为她的外貌应该更适合温柔一点的……

只是听她骂的内容，我好像不是一个很好的人。

这样啊，原来我是那种死了还要被人骂活该的人啊……

站起身，有点不太想继续待在这里，听人骂自己不是一件有趣的事。

就在我快要走出去之时，我听见了她用着很轻的语气说：“下辈子，记得不要再当一个有才华的人了，这样我就不会爱上你了，你也不用这样花心，也不用搞得……迷失了自己，知道吗？”

那句话，又让我愣住了。虽然我不懂是什么意思，可是她好像不是真的很讨厌我……

走出屋子，发现这间屋子是在一条很暗的巷子里，我忍不住怀疑自己到底是什么人，怎么会住在这么不安全的地方，认识那么凶暴的女生，然后……莫名其妙地死掉……

我该要去哪里？走出了巷口，面对的是热闹的世界，来来往往的人群，每个人都有自己的目的地，只有我，只有我……茫然地，不知道该何去何从。

甚至还有人可以直接穿过我的身体，多悲哀，像是一个透明人一样。

我就这样漫无目的地游荡，直到回过神，发现我不知何时已经来到一片树林里，而这里竟然有着一间跟刚刚的世界里完全不搭调的欧式风格别墅。

我愣住了。

突然，一个小女孩儿不知从哪冒了出来，蹦蹦跳跳地跑到我的面前，一脸好奇地观察了我好一会儿，好像我是什么新鲜的动物一样，接着，她笑了。

“啊，你看起来好像没地方可去，要来我这吗？”

我没摇头也没点头，她便自作主张地拉着我往别墅里面走：“你叫什么名字？”

“郭……宇翔……应该是。”接着，我便把自己不确定自己名字的原因告诉了她。

记得那时她一听，耸耸肩说了一句：“没关系，反正死了不记太多反而比较好！哈！”

我就是这样来到这里的。

就是这样……勉勉强强地有了一个栖身之地，顺便也知道了好像只有我是一死掉就突然没有记忆的。

没有错。有没有记忆，真的没有错……

砰砰砰砰……

一阵连续的敲门声打断了我所有的思绪，我抖了一下。

“郭宇翔你给我开门！开门！”

一听是佟依依的声音，我叹口气，又要干什么……我就不能有一个人静一静的时候吗……

咔嚓。我把门打开。

“干吗？”我道。

“走！”

“走？去哪儿？”

“去刚刚那个巷子里面看看！”

“为什么……”

“哪有那么多为什么，你对那个地方有印象对吧！走！”

“我不想去。”

“走啦！”

她又吼了一次，眼神相当认真，我被那眼神给怔住了，突然找不到借口，就这么被拉着跑。

“佟依依，你……”

“别想逃避，你既然已经答应我要找记忆了，我就不会让你有逃避的机会！”边说，她还边回头很得意地笑了一下。

我也忍不住地笑了，真是个……蠢蛋！好蠢哦，她真的好蠢。

可是，心里却悄悄地感到很温暖。

莫名的温暖。

就算回忆里会有悲伤的事情，但只要全部找回来了，同样也会有快乐的。重要的，还是要看自己有没有勇气去接受这一切。

Chapter 4

我感觉，今天的天气特别晴朗。

说不上来为什么，会是那两个家伙住在这里的关系吗？这么空荡荡的房子，一直以来只有我跟上校住，忽然多出了两个家伙、两个声音、两个吵闹，为什么我会有一种热闹的感觉？

出了门，我知道是时候该去一个地方逛逛了。

“罗莉，你要出去？”经过了前院时，上校叫住了我。

“是啊。”

“怎么今天大家都在屋子待不住？”上校摇了摇头，淡淡地问。

我一听，轻轻地说：“上校，你也可以出去逛逛啊，去你最爱的海边。”

最爱的海边。

还记得，第一次看见上校，就是在海边。我从没看过如此悲伤的男人，虽然那个时候我只死了一百年，可是看过的人啊鬼的够多了。

甚至有些刚死的，对现世还有遗憾的，也看过很多。

但从没看过像他那样悲伤的男人，即便他并没有流泪。

他没有流泪，可是神情、内心已经被撕碎得一塌糊涂了，连我看了都忍不住鼻酸，忍不住被他那深深的绝望感染。

我一直以为他也是刚死没多久，才会这样。后来才知道他其实跟我差不多，死了也一百年了。

怎么会呢？都过了如此漫长的岁月了，怎么还会如此悲伤？

记忆，都归功于可怕的记忆。

因为还有记忆，所以无法忘记。因为还有记忆，很多事情都仿佛历历在目。

那时，我只跟他说了短短一句话："跟我走。"然后他的表情就像瞬间得到了某种救赎般，他流泪，不停地流泪……

好像他已经等人说这句话很久了。

我知道，他就是需要一个人给他下一个命令，好让他能够彻底地离开过去。他需要命令，因为他的一辈子都跟命令为伍，上级对他下令，而他再对下级下令。

之后的三百多年我们都生活在一起，他是第一个进入了我梦想地

带的人，这幢别墅就是我的梦想地带。

即便如此空荡荡，但我想要将它变成只属于我一个人的天堂。

啊，说到天堂，我曾看过一部有趣的电影《在天堂遇见的五个人》，听说还是由小说改编的呢。

看了真是很感动啊，没想到也有电影表达得跟我的想法如此接近。每个人死了，都应该拥有一个专属于自己的天堂才对，就像那部电影表达的一样。

离开家走了大约30分钟，我已经进入了另一个空间的连接点，一踏进这里，就让人感觉很悲伤。

因为这里是孟婆的地盘，到处都是一些神情茫然的人。他们选择了投胎，他们选择了彻彻底底地忘了过去，开始新的人生。所以在这里茫然地徘徊，等待着属于自己的新人生的机会出现，因为没了记忆，表情才会如此茫然。

这大概就是我跟上校选择了不投胎的原因，因为这样，我都快被牛头马面给烦死了，可是他们不懂，他们永远不会懂，当一个人有多辛苦，我跟上校都不想要——再当人。

所以宁可这样苟延残喘地待在这个世界。

“罗小妹！真高兴在这儿遇见你呀！”

一个再熟悉不过的声音传进我耳里，我叹口气，真是脑袋不能乱想，才刚想到就出现了……衰！

我勉强挤出天真的笑容抬头道:“马哥哥，牛哥哥，你们也在这儿啊？真巧呢。”

在我眼前的，是一对在现世中可算是非常帅气的男人，不但有韩风帅男脸，连打扮都是走韩风路线。我越来越搞不懂了，他们到底是牛头马面还是那些赶时髦的年轻人，记得上次看到他们还是走日风路线呢……

戴着白色绅士帽的马爷，帽子的边缘还有一个小小的马的图案。而人称牛牛的那位装可爱的男士，则是不管风格怎么变，头上仍然都会装饰着一对可爱的牛角。

他们千年不老的稚嫩脸孔，都漾着阴森的表情看着我……

“罗小妹啊！我好高兴，你终于决定要投胎了？太好了！太好了！今年年终奖有得加了！”马爷开心地说。

我跟着附和:“是啊，又可以让你去现世好血拼了！”

“听你这么说，你真的要投胎啊！”牛牛瞪大了眼睛，不敢相信自己的耳朵。

“嗯嗯，大概一千年后的今天吧，你们说好不好？”

瞬间，他们的脸愣了愣，我吐了吐舌头，准备开溜！

“罗——小——妹——”

我迅速跑过奈何桥，还在对面对他们扮了个鬼脸，毕竟奈何桥这一边是禁止他们进入的。

其实，这样偶尔耍耍他们还挺有趣的，只是不要天天遇到就好。

转身，我看着眼前的孟婆酒吧，心情也莫名地沉重了起来。

酒吧建得很美，就连内部都只用晕黄的灯光照着，从窗户看见了木制的吧台前坐了几个客人，他们正盯着自己眼前的酒，有的表情凝重，有的眼睛一闭，一口干了。

我慢慢地往前走，瞥了眼挂在门旁边的一个木制刻板，上头刻着：“选择忘记之前，是悲痛着离去；选择忆起之前，是盼能回到过去。”

多么简单又讽刺的一句话，实在地说出这里每个人的心声。

为什么我们人啊鬼的，总是喜欢搞得这么矛盾呢？连我都不懂。

哐啷，我推开门走进酒吧。

孟婆一见到我，皱起了眉道：“罗莉，说过多少次，你的外表不适合有太成熟或太沉重的表情，应该天真一点。”

她很美，对我来说，她是我也憧憬变成的女人，只可惜我已经长不大了。

她总是把头发整个盘在脑后，然后用个玉簪子固定着。一袭充满着高贵气息的黑色绣花旗袍，是她最常穿的衣服。

“小孟，我早就不是小妹妹了，也是老婆婆了吧。”我咧嘴一笑，很自然、很天真的笑容。

这笑容似乎只有对她才笑得出来。

“来，给你调一杯可可酒。”

她总是对我这么宠溺。害我不想投胎的原因，搞不好就是舍不得她。

“可以不要吗？我想要喝大人一点的。”

“不行，能让你碰一点酒精，已经很大方了。”

“啊……”我撇了撇嘴，往吧台最旁边的座位一坐。

“说吧，来这里肯定是为了那两个家伙的事吧？”孟婆边熟练地调着酒边道。

“可以告诉我到底是怎么回事吗？”

记得一个多月前，那个超级讨厌的耍嘴皮子鬼，竟然会找我帮忙，要我到时帮帮这两个刚死就没了记忆的家伙，本来我是不想理的，可是没办法，他竟然承诺要帮我彻底整修别墅，我才勉强答应的。

只是若一直没弄懂到底是怎么回事，我也会很困惑的。

“我也不知道，说真的，你不都给他们喝过我调的酒了吗？还是没恢复记忆？”

“是啊，趁他们睡着的时候，我都偷灌了，没用。”

“我说你啊……为什么不能光明正大地让他们喝啊？”孟婆一脸败给我的样子，接着把一杯调好的可可酒放到我面前。

我吐舌道：“我就喜欢偷偷来嘛！不过，还真奇怪，怎么牛头马面都还没找上他们？”这才是我想问的。

太奇怪了，通常刚死没多久的鬼，最久一个礼拜就会见到他们了，不过就我最近观察，似乎还没有。

“谁知道呢……可是罗莉，有时候，很多事情不会只是巧合或是意外的哦。”她淡淡地说着。

“算了，我就等着看吧，反正那个爱耍嘴皮子的家伙最好不要忘记承诺！你帮我转告他！”

“是是是……你们真的很合不来啊。”孟婆忍不住笑道。

“这叫天生犯冲！”一想到那家伙，我愤愤地说。

接着，我又在孟婆这里待了几个小时，东拉西扯，好像想把好一阵子没说的话一次说完似的。

也只有在这个时候，我很甘愿被人当成一个小女孩宠，只有这个时候。

我就这样被佟依依给拉着跑回了那条巷子，令我讶异的是，才走第二遍的路，她却已经很熟悉地记得怎么走。

而我也很讶异，我真的就这样被她牵着走。

为什么会觉得温暖，刚刚那一瞬间……为什么？

我们终于停下奔跑的脚步，有点喘息地看着巷子。

“哪一间？你以前住的屋子是哪一间？”

她那双有神的眼睛望向我，紧紧地看着，像是在警告我，不可以说不知道似的。

“那一间……”我随意地指了一下。

佟依依没有马上拉着我走过去，反而沉默了一下，才道:“郭宇翔，我知道我们虽然嘴上说要找回记忆，但其实心底还是想要逃避……因为怕，怕知道了之后，还是觉得失忆比较好……”

我没有回答，因为她讲对了，完完全全地说中了我的懦弱……

“一起相信好吗？”她漾起一个大大的笑容看着我问。

“什么？”

“一起相信，那份记忆里，肯定有值得珍惜的快乐，肯定有的！”

我看着她，心里想怎么会有笑得这么痴憨的人啊……好像傻瓜，说的话也好傻瓜，可是我却想相信。

我只轻轻点了点头，她就高兴地跳了起来，还激动地抱住我。

“约好了哦！我们约好了要相信的！不可以反悔！”

“好……”她就像个孩子，一直以为她跟我一样不容易亲近，防备心重，甚至情感冷漠，但深入相处后，才发现很多时候，她就像个孩子。

单纯得让人感到开心。

好像很久很久没遇到这么单纯的人，对我来说。不知道为何会有这种感觉，过去的我到底是怎样的人？又是深陷在怎样的世界？真的，我越来越好奇了。

我和她对视了一眼，鼓起勇气踏进了屋子。

像是已经隔了好久好久，距离那天我在这间屋子里醒来，到今天再重新踏进去，还是一样陌生，一样……复杂。

我的灵堂已经收起来了，只是屋子好像还是有沉重的味道。

好像不再那么生机勃勃——奇怪，这里以前是很热闹的吗？怎么我会这么想。

“你一个人住这么大的家啊……”她好奇地四处乱看着。

“好像不是。”

“那去你的房间看看吧。”

我带着她往楼梯口那里走，经过二楼时，我还是忍不住停下脚步，眼睛直盯着那个“练团室”的牌子看。

“字真丑。”我喃喃自语，那个牌子的字是手写的，真的很丑。

“搞不好是你的字。”

“不是。”我条件反射地回答。

推开了门，我走进去。

瞬间，越来越多的感觉袭向我。

我愣愣地站着，看着里面令人讶异的大空间，以及完整的设备——真的是一个货真价实的练团室……

最吸引我目光的，还是靠左边的那架三角钢琴，与这间练团室有种格格不入的感觉，因为那架钢琴是那样优雅，那样古典，跟摇滚一点也扯不上边。

“哇！这真的是太赞了！这间练团室好棒！你看还有三角钢琴！

这不就是传说中的钢琴加摇滚嘛！赞！”佟依依比我还兴奋地说着。

“钢琴加摇滚……你又知道了？”怎么这句话这么熟悉。

“啊……我也不知道为什么我会知道这个词，应该是以前听过这样的音乐吧。”

我的脑海开始闪烁，这句话就像是一个关键词，瞬间，我的脑海涌进了很多画面，比刚刚的感觉还要强烈。

我看见了，看见这里过去的一些记忆，闪闪烁烁的，有好几个人，还有我自己，我……正在弹着钢琴，旁边有人在弹电吉他跟贝斯，还有那天那个女生在控制台那边……

“呃……”头痛得我站不起身，蹲在地上，紧闭上了眼睛，画面更加清晰，对话也是。

“喂！郭宇翔！你怎么了！还好吧！”佟依依紧张地跑到我身边来。

而我却连回话的力气也没有，忽地，我像失去了意识……好像，因为我整个人已经掉进了我脑海的画面中。

“阿翔！最近我们用这种钢琴加摇滚的方式，果然又吸引了不少歌迷啊！太赞了！”

在记忆的画面里，拿贝斯的男生说着，他的造型非常夸张，留一个公鸡头，左边的耳朵还穿了一排的环儿，嘴唇上也有。

“是啊，因为这样，最近河岸留言那边排我的场次也越来越多了呢。”

说话的人是弹吉他的，他的样子还正常点，头发除了留到肩上之外，其他没有什么特别惊人的造型。

这时，一个小男孩儿推门走了进来，说他是小男孩儿一点也不为过，看上去也不过才十六岁的样子。

“你们没有等我就练啦！这样还练个什么劲儿啊！少了鼓手的乐团……”

说完这句话，我才发现他的手上竟然拿着鼓棒。我愣愣地看着他，这么小就搞乐团，还打鼓？！

“叽叽喳喳吵死了！来练了啦！”

戴着耳机的红发女孩儿说，她有着一头非常火红的头发，长长的，及腰。

赫然发现她就是那天在我灵堂前破口大骂的女人，怎么发色不一样？

她站在控制台前戴着耳机，给了大家一个暗示的眼神，小男孩儿用鼓棒轻敲了三下，熟悉的音乐开始了……

而记忆中的我，则是一脸酷样地坐在钢琴前。

音乐竟然就是那天佟依依唱的日文歌。

红发女孩儿把时间抓得刚刚好，竟然一边戴着耳机对着一旁的麦克风唱歌，一边手还可以完美地控制好每一个音……

太厉害了。我瞪大眼睛看着。

接着，到了副歌的部分，钢琴竟然加进来了！

与这首摇滚快速的歌曲完美结合，甚至到了中间部分，还有一段神乎其技的独奏……这是我……弹的？

记忆，一点一点地，随着这首歌，随着这临场感，好像回来了。

我看着画面里的每一个人，大家的每一个表情，还有我自己的表情，跟这每一个音符……动了起来。

小猫，是那个小男孩儿，光耀，是那个公鸡头，艾力克，是吉他手，最后……琪拉……

他们的名字竟然一一浮现了。

我睁开了眼睛，看见佟依依一脸惊慌地看着我。

我满头大汗，喘着气起身。

“喂，郭宇翔，你没死吧……”

“我早就死了……你应该是要说我没事吧？”

“对……我太慌了啦，你吓死我了。”

“你也早就死了。”

“吼，不要开玩笑了啦。”她瞪了我一眼。

我笑了，哈哈地笑了。

“啊，你很奇怪啊，突然昏倒然后又突然大笑……不会是疯了吧。”

她认真地说。

我的手不自觉地又放到了她的头上，头发遮住了我有点湿润的眼睛，然后激动地说："我没疯，我找到一点碎片了，一点记忆的碎片。"

"真的？"

"真的。"

"太好了！"她高兴地跳了起来，比我还高兴。

"来一起合奏那首歌好不好？"

"嗯？"

"你上次唱的日文歌。"

她一愣，然后恢复了笑容，说："当然好！"

我拿起了电吉他，还找到了旁边节拍器的开关，连我自己都讶异对这里的熟悉。

那首歌，又再次响起了。

再次从记忆的深处响起。

有些旋律，怎样都无法忘记，有些过去，怎样都过不去，因为过去，一直都在记忆的最深处，反反复复地重现着。

Chapter 5

音乐，真的是一种很棒的东西。

生前的我肯定也很爱音乐吧，一定是，不然我不会老是听到一些歌，总是会恢复一些记忆。

又再一次跟郭宇翔合奏了那首日文歌，这一次好像更开心了，那份开心，好像渐渐地……渐渐地加上了新的记忆。

现在拥有的，新的记忆。

音乐尾声结束，我轻喘着气道：“你以前是玩乐团的？真的假的？好厉害哦！”

他轻轻地把电吉他给收好，好像对这里每一处都很熟悉似的。

“可能吧，只是看到了一些片段，听到了一些对话……还不能确定吧。”

“如果你以前真的是玩乐团的，那么你就更不能不恢复记忆了。”我认真地说着。

“为什么？”

“因为梦想是很棒的东西啊，怎么可以忘了呢？”我笑道。

梦想真的很棒呢，不知道为什么我就是这么感觉，就是感觉梦想好像可以让一切事情都会变得快乐、有冲劲儿。

“小孩子。”他摇了摇头说道。

“哈！”

就在这时，房间的门忽然被打开了。

一个看起来才不过十六七岁的小男孩儿，面无表情地看着里面。

我跟郭宇翔都愣住了，不敢发出声音，完全忘了人家根本看不到我们这件事。

“你真的有听到音乐吗？听错了吧……”另一个留着公鸡头的男人也跟着走进来说。

“真的有……我听见宇翔的钢琴声了……真的听见了……”小男孩儿落寞地说。

公鸡男摸了摸他的头说：“别再说了……”

感觉他们似乎都很悲伤，那种感觉让不相干的我都感到心疼。我瞥了郭宇翔一眼，他也面无表情地看着，皱着眉，好像很努力在想他们跟他的关系，很努力地想着。

“走吧，不是说要去你的房间？”我开口问郭宇翔。

“不……我想今天还是算了。”

“喂，你不会又想逃避吧？”

“逃避的人是你吧？说什么要找记忆，结果你呢？到现在为止连你家都还没回去过吧？”他也瞥了我一眼，像是一种质问。

“我……”对哦，我真的没有回过家……

记得那一天醒来之后，我好像是逃走的，逃，逃离那里，只要不看见，心头就不会那么难过，所以我逃。

“所以，是我要说走吧。”

我不甘愿地看了他一眼，不说话地走下楼梯，当我走到一半再偷偷回头时，发现郭宇翔正用一种同样悲伤的眼神，看着那间练团室。

我抿了抿唇，不禁怀疑这样做到底对不对，如果找回了记忆，只会让人更悲伤……是不是不要比较好？

真可笑，我之前还对他说得那么冠冕堂皇——换我在逃避了吗？

一走出这间屋子回到暗巷，才发现天已经黑了，原来今天已经过了这么多的时间了。

我抬头，看着天上稀少的星星，努力地在脑海慢慢回忆那一条那天跑出来的回家的路。

“你是不是不想去？”郭宇翔站在我旁边，突然说。

“我是在想路。”我瞪了他一眼，撇撇嘴说，“走这边啦。”

“啧啧，哎呀，真不知道是谁今天还在那边喊一些很有意义的话？那个家伙去哪啦？”他用着酸酸地语气调侃。

“那个家伙没去哪儿，好好的！”

“哦，可是我怎么看不到？”

我一听，转头瞪他，发现他正看着我：“烦死了！我怎么都不知道你这么烦？你不是很喜欢冷冰冰着吗？怎么现在这么聒噪？”

“你又不认识我，又知道我到底是冷冰冰，还是聒噪的人了？”

“……好！”我气得不想再看他，径自找着路。

他则是一脸等着看戏的表情跟在我后头。

我都不知道他是这么讨厌的人，虽然一开始就有点清楚了，后来我还以为他人不错的……可恶可恶！

弯了好几条的路口，走过了好几条巷子，人烟越来越少，终于——我们来到一个看起来就快荒废的住宅区，这区域的附近有几块荒废的田，以及一条长长的马路，那条马路起码要走半个多小时，才会回到我们刚刚所在的人烟稍微多一些些的地方。

“好偏僻……”我喃喃自语，奇怪，那天怎么都没有注意到这里的偏僻？那天的我只知道用力跑，跑到一个人很多的地方，好像自己会安全了一样。

“你应该没有迷路吧？”

“怎么可能？就是这里没错，我那天就是从转角旁边那间平房跑出来的。”我指着前方说。

晚上快八点，那间小平房的窗户还亮着灯，也对，正常人也不可能睡得这么早。

我叹了口气，所以，还是得进去了……进去里面，又会看见那个老奶奶吧？

“这么犹豫不决？不会是你的房间很乱吧？还是有什么见不得人的？”他若无其事地说。

“就算真有什么见不得人的，反正我也不记得了，有什么好怕的。”

“既然这样，就看看啊。”他语气中挑衅的意味极重。

我一听，蹙眉道：“看就看！”反正我都死了，也没什么好怕的。

推开了旧旧的木门，我小心翼翼地偷窥着，确定没人之后才进入客厅，怎么连个门都没锁？

我快速地在平房里绕了一下，发现没有人。

“你在找谁吗？”郭宇翔边巡视着屋子，边道。

“没有啊。”说着，我又推门走了出去。

左右一看，发现有一个有点熟悉的人影，从右边巷口那边转进来，正慢慢地，一步一步地，接近这里。

在不怎么亮的路灯照耀下，可以看出，那人影是那天的老奶奶，也应该是我的奶奶。

瞬间，一些隐隐约约的画面闪过，我好像看见了，过去，曾经我是这样挽着她的手，跟着她这样散步，画面中我们说了一些话，可是我又听不清楚了……

奶奶慢慢地走，直到走到快进家门那一刻，好像感觉到我站在门口般，她那苍老的脸明显地怔了怔，随即又笑了。

“依依，是你吗？你回来过了吗？”

……我看着她，却什么感觉也没有。

“怎么样？过得还好吗？”短短的问候完，奶奶却渐渐地越来越哽咽，苍老的脸上，泪水沿着皱纹掉了下来。

“别放心不下奶奶了，知道吗？好好地走吧！奶奶一个人也可以过得很好，等时间到了，我们又可以见面了……别再放心不下了……就算有什么遗憾，都过去了，都过了……”

我靠着房子外面的墙，静静地听着，心真的好痛。我不懂的痛。

这个奶奶对我很重要吧？一定很重要的……不然我也不会跟着这么难受……

“只是……奶奶真的很想你……”她断断续续地说着，踉跄着慢慢走进屋里。

我没有再进去，而郭宇翔，不知何时也早就走出来站在我旁边了。

我看了他一眼，才发现另一件事情，然后问："郭宇翔……你……真正的家在哪里？"

"……我哪儿知道，要是我知道了，那还叫失去记忆？"

"哦……"

我们沉默了一会儿。

"我真的害怕了……"终于，我说出了自己内心真正的感受。

他一听，没有生气，只是转身往前走，并淡淡地说："你不是说过了吗？就算会有痛苦的记忆，那么肯定也会有……不能忘记的快乐记忆啊。"

发现嘴角竟然在颤抖，我忍下了那想哭的冲动，笑道："嗯。"

就在我们要走出巷子时，在路口，碰见了一名刚停好车的男人，看着他那张与我们擦身而过的脸……

我怔住了，转头，发现他正走向我家。

"怎么了？那男的你认识？"

"我……"

他……就是向我求婚的男人。这句话不知道为什么，紧紧地哽在喉头说不出来，我只是愣愣地又往回走，然后走进家里。

"你还好吧？"郭宇翔的声音有点担心。

而我，再一次看着那男人的脸的时候，忽然……想逃跑，莫名地想逃跑。

“你来干什么？”奶奶语气不怎么友善地问。

“我是昨天才知道依依她……”

“不关你的事，我们佟家不欢迎你！”奶奶看着他，几乎气红了脸，激动地说着。

男人很无奈地走出来，恰巧穿过了我的灵魂——那一瞬间，我看见了更多，更多的画面。

我感觉到我的心，应该已经死掉的心，居然痛得……不能跳动。

痛得就像要窒息一样。

那天晚上，很难入眠，连郭宇翔都不知道要怎么问我，到底看见了什么。

隔天。

睁开眼，我发现我竟然不是躺在别墅的床上。而是另一个我陌生的房间。

是梦？是梦吗？

为什么我觉得这间房间陌生又熟悉？

我慢慢地走了出去，很自然地往客厅的方向走，然后，看见了我。

这是……梦。是关于过去的梦。

我看见自己正满身是血地坐在一堆玻璃碎片中，表情是那么绝望，那样无所适从，而旁边的落地窗，则碎了一大半。

我愣着，愣愣地看着那样的自己，说不出话来。

此时，昨晚看到的那男人，从厨房那边走了出来，还拿着一条毛巾包着自己的手。

他恶狠狠地瞪着坐在地上的我，对几乎已经狼狈不堪的我，一点怜惜的眼神都没有。

“这就是你要的吗？看我这样子，就是你要的吗？那你为什么不干脆把我给杀了！”满脸的泪水加上点点的血水，我的模样是这样恐怖，还激动地吼着。

“哼……我才没那么笨呢，别想要我坐牢。”他嘲讽地笑道，“而且，要不是你在那边像疯子一样，也不会变成这样。”

“……哈哈……所以，是我的错？又是我的错？”

我看着那样的自己，心紧紧地揪着，这样的回忆，怎么如此不堪……好不堪！

“对！你自己明白就好！不要来问我！”男人大吼了几句，便开门而出了。

留下我一个人，继续坐在那堆碎片中，崩溃……

“啊！”我用力坐起身，发现我又回到了别墅的床上。刚刚那一场好像真的是梦，不怎么开心的梦。

不怎么想接受的梦。

“怎么会……一下子求婚，一下子又变成那样……最后我跟那个人之间到底还发生了什么？到底……”我喃喃着，仅止于喃喃。

对于那样的回忆连我自己都觉得好不堪，可是我看到了客厅的日历，那起码是一年多前的日期，那么到底还发生了什么？

我深深地吸了一口气，很大的一口气，即便我早已没了呼吸。

不要怕，佟依依不可以怕，就算那个男的给了我很多坏回忆，我也要全部想起来，然后当一个厉鬼回报他才对！

“对……不能退缩，不能再像刚刚梦里那样子退缩，应该要反击才对！”

每个人都是父母养的，凭什么我得受到这样子的对待？我得弄清楚。

不要再害怕些什么了。不弄清楚，只会让自己更加烦闷，更加犹豫不决而已。

看了一下房间里的时钟，现在的时间才早上六点多，我一直觉得很奇怪，为什么鬼还需要睡眠？可是这个问题，一直到我快要离开这栋屋子时才明白，原来鬼是不需要睡眠的，需要的是那份还残留的人类意识，就像吃饭一样。

我几乎冲到了郭宇翔房间，连门都忘了敲，就直接冲进去，也不再顾忌什么似的。

看见还躺在床上睡得很沉的他，我直接用力摇醒他。

“起来！起来！”

他缓缓睁开眼，一看见我吓了一跳，问:“你，你跑进来干吗？”

“叫你起来啊。”

“……什么事情这么急？”

“嗯……找记忆。”

“我可以揍你吗？”

“不可以。”

“佟依依！”莫名其妙被我吵醒的他，大吼大叫了起来。

我吐了吐舌头，才发现我好像是那种一想到什么事情，就一定要马上做的人，这种个性好像不太好。

我被他用力地轰了出来，他要我去客厅等。

过了几分钟，他一脸无奈地走出来，说:“佟依依，你可不可以做事多用一下你的大脑啊，你是失忆不是失智好吗？”

“哦……”我撇撇嘴低下头。而他开始发挥唠叨的功力。

怎么这男生这么喜欢絮叨啊，且一说就是半小时之久。

“好了，说吧，你这么急到底是要找什么记忆？”半小时过后，他总算回到了正题。

“呃……”我脑袋空白了一下。

“别告诉我你忘了。”

“谁叫你要说我说这么久，像个老头子！”我回嘴。

“你……气死我了！”

我发现，这几天他好像渐渐地会表达一下情绪了，就好比现在，嗯，真的是比刚刚还要生气呢，气得脸都红了。

“给我过来！我让你脑袋好好清醒一下！”

我就这样被他硬生生地给拖出去，一路上他都不讲话，一直朝着前方走，感觉像没目的地，又像有。

因为，他的目光一直看向前方一座很高很高的大楼，他不会是要把我从上面丢下来吧？我早就死了，怕什么……

终于，我们来到那栋大楼前，跟着人群一起挤进了超高速运转的电梯，里面甚至还有时速表，时速表数字都破两百四了！

“这是哪里啊？”我愣愣地问。

“我也不知道。”

那你带我来到底要干吗？

他还是一脸生气样，不说话地出了电梯之后，直接拉着我去顶楼。

“好，好高哦……”刚刚看到电梯显示八十五楼，那这里应该可以算八十六楼吧……这么高，连底下的马路都变得像玩具一样，好不真实。

“请问……我们来这里要干吗？”

他冷冷地瞥了我一眼后问：“以后，做事情要经过大脑，知道吗？”

“哦……”

“否则，我每一次都会带你来这里冷静一下头脑。”

“哦……”冷静？我有一种越来越不好的预感。

下一秒，还来不及思考，我就被他一起拉着跳了下去！

“啊——”

我几乎是用尽了我全部的力气在尖叫，下冲的速度实在太快了！我感觉到整张脸都扭曲变形了起来！

砰！

我们摔落在地，郭宇翔像个没事人一样站了起来，用似笑非笑的表情看着还躺在地上虚脱的我。

“你……你……你想要我魂飞魄散也不是这样的吧……”

“这里好像是这个城市最高的楼，烦的时候，我都会来这里冷静一下，怎么样，清醒很多了吧。”

“是惊吓很多！可恶！”我的大脑总算渐渐恢复了意识，开始站起来就破口大骂。

他又笑了，还看着我的脸笑。

“你……你一定是在笑我刚刚有多蠢，掉下来的样子有多智障吧！”

“没有，我可没这么说。好了，你现在应该也想起来一大早把我叫起来是要干吗了吧？”

我一听，愣了愣，说：“我是要你陪我去找昨天那个男的。”

“看啊，记忆力变好了呢。”

“那是因为我惊吓过度，原本刚储存好的记忆都飞得差不多了！”

我激动地喊着。

他摇了摇头，径自往前走。

“郭宇翔你以为下次我还会笨得跟你一起来这里跳楼吗？笑死人了！哼！”

“你会，因为你记忆力不好。”

“什么？你自己还不是一样失去记忆了！”

“可是自从那以后的每一件事情，我可都记得清清楚楚。”

“吼，我不想讲话了！”

我们，就这样吵吵闹闹地走在一起。

有的时候，还天真地以为，要不日子就这样过好了，至少还不会寂寞，反正记忆找不找得回来，好像不重要了。

欸，郭宇翔，你是不是也这样认为？

我是真的很庆幸，能在失去记忆外加去世之后，遇见了你。至少你给我的感觉，都还算开心，是还算，如果你没有这样拉着我跳楼吓唬我的话。

害怕，才是日日夜夜纠缠着每个人的一个梦魇，有时候越想摆脱，反而越无法挣脱。所以，人们学会另一种东西，叫逃避。

Chapter 6

“就是……这儿？”我愣愣地看着眼前几乎可以跟我们住的那幢别墅相媲美的豪华小别墅。

找了一整个上午，甚至还遇到了一些奇奇怪怪的鬼，东拼西凑地拼着我那少得可怜的记忆片段，居然还真的能够被我们给找到，找到那男人的家。

而且，在这找的过程中，也间接地知道了他的名字，陈威宇。

“是个有钱人嘛，如果你真的嫁给他，不就是少奶奶了？”郭宇翔啧啧地说着。

我一听，只是淡淡一笑，不语。

我还没有告诉郭宇翔，我早上清醒前看到的那些，还没说，不知道怎么说。

“走吧。”他率先走到了我前面说。像是在提醒我，别逃避，别逃避。我们真的越来越像伙伴了呢，总是互相给对方面对的勇气，不去逃避。

我们站在紧锁的大门前，相互看了一眼，决定把刚刚另一个鬼教我们的穿墙术拿来试试看。

虽然我们在学之前还被调侃了不少，说什么哪有鬼还需要开门的，真是笑死了……之类的。

他告诉我们，只要脑袋一直去想着要走过去这件事情，就很自然地能够穿过了，还问我们有没有看过《哈利·波特》，就像那个车站月台一样……

脑袋很用力地想了三十秒，我们几乎同时穿过去了，果不其然，我就这样看着自己以不真实的模样穿越了门。

“太帅了……这真是死后的福利。”我笑道。

“哪来的福利，就算你可以这样自由进出又有什么意义？”郭宇翔白了我一眼道。

“哦……你顺着我高兴一下又不会死。”

“会。”

他避开了我当下瞪他的眼神，开始在里面到处乱晃着。忽然，我不经意地瞥见了柜子上的相框，愣了愣。

那是陈威宇跟另一个女人，两个人的婚纱照，还在我最向往的罗马式许愿池边照的……我怎么知道那是我最向往的？算了。

胸口，又开始有窒息的感觉，好窒息。

“喂，他好像不在一楼啊，你要不要上去看看？”郭宇翔快速地检查过了一楼。

“好啊，那你呢？”

“我在下面等你吧，加油。”他轻轻地微笑，像是已经感觉到，由我自己一个人去面对会比较好。

我踏着由桧木制作的楼梯往上走，仔细观察这里任何一角的摆设，可以看得出来住在这里的人极有品位，无论是客厅的施华洛世奇经典款的水晶灯，还是本地有名的“巴黎花纸”高档窗帘……

“我怎么……懂这么多？什么时候懂的？”我喃喃自语着，惊讶于自己的些许改变。

踏上了二楼，一眼就看出来这一层是打掉重新设计的，因为这种设计风格我并不陌生，我好像认识过那么一个室内设计高手。无论是空间感、层次感以及光源照射的地方，都把握得恰到好处。

渐渐地，我听见了音乐从左手边的房间传出来，我偷偷地穿过了门，看见陈威宇正趴在房间的窗户边抽着烟。

环绕式的喇叭播着一首很熟悉的歌……

我不怕为你吃亏，多苦的工作也愿意奉陪。

记忆，从开头的第一句歌词，就像是被按下了某个播放键般开始。

我看见了，过去我们曾经生活在一起的样子。看见了，就算他工作完很累，却还是帮我修剪脚指甲的模样。

我只怕熬夜太累，错过了我们明天的约会。

我又看见了，某一天我回到那间屋子里，突然的一个惊喜——他放着这首张卫健的《身体健康》的背景音乐，一字一句地唱给我听，唱完之后很抱歉地告诉我，他那天赶不回来跟我一起庆祝交往周年，要我不要生气。

歌缓缓地播着，许多关于这个男人的一切，鲜明了起来，随着这首歌鲜明了起来。

忽然，手机铃声打断了这首歌的气氛，他先关掉了音响才接起来。

“小晴，怎么了？包包忘了拿？你真的很健忘啊，要是没有我，看你要怎么办。”他用着宠溺的口气说着，然后再一次穿过了我的灵魂，他走过，留下那首来不及播完的音乐，留下了我。

没一会儿，郭宇翔也上来了。

“怎么样？有想起什么吗？我看他出去了。”

我转头看着他，才发现我根本不知道要怎么表达此刻的心情。

沉默了好久，我才干涩着嗓子问：“郭宇翔，你觉得幸福到底是什么？你觉得……找回记忆……真的好吗？”

“又怎么了？”

“或许对我来说，这样没有记忆才是最好的。”就算我看见了曾经的幸福，也只是在嘲讽自己的可悲。

他一听，叹了口气。

“你生前的个性就是这么自相矛盾吗？”

“啊？”

“一下子给人感觉好像什么都不怕，只想往前冲；一下子又忧郁得好像全世界都在下雨，何必把自己搞得这么辛苦？”

“我也不想，只是我渐渐觉得……”

我这才慢慢地把我面对陈威宁想起来的每一个片段都告诉他，包括了他让我受伤的画面。

他听完，抿抿唇说：“那你就更该把每一份记忆都完整地找回来，让自己知道，下辈子别再笨得跟这种人在一起，知道吗？而且啊，你好像记起的东西越来越多了，连歌名都知道。”

“嗯……”

“我想要再回昨天练团室那里一趟，来不来？”

“当然。”我打起精神说。

走出了这栋别墅，我心情莫名复杂起来。如果，我是说如果我没有死，我跟那个男人，还在一起吗？

那首《身体健康》一直一直在我耳边萦绕，越听，他的脸越是挥之不去。我可能过去真的很爱他吧。

在前往我家的路上，我用眼角余光偷瞥着佟依依。

才发现，我比较习惯总是很痴憨的她，现在她这个样子，跟我第一次见到她的时候没两样。

那种茫然，仿佛也让我看到了自己。

真的越来越想知道到底为什么了，为什么死掉？为什么失忆？又为什么刚好佟依依跟我同是天涯沦落人？哦，不，是沦落鬼。

一定有什么原因的。

“喂，你看罗莉她会不会比我们还痛苦？”她没头没脑地问着。

“什么？”

“她应该年纪很小的时候就死掉了，这么痛苦，她是怎么度过这漫长的岁月的，你会不会想知道？”

“你不会自己去问她？”

“……郭宇翔，你真的很难相处啊，好好跟你说个话，你就是要把我弄生气？”

在我预料之中，她开始龇牙咧嘴了起来。

“总比你一直弄张死人脸在那儿好。”

“哈哈！我就是死人啊！怎么样？”

“幼稚。”

“你才幼稚！幼稚幼稚幼稚！”

我摇了摇头，觉得她没救了，只见她的反应也越来越大。

很快，到了我家，这一次是直接往我的房间走去。

灰尘，已经渐渐厚了起来，我看着这房间跟我那天醒来的时候没两样，甚至还发现这扇门竟然是被反锁着的，这里俨然成了一个禁区。

“你的房间怎么什么东西都没有？你真的住这里吗？”她狐疑地问着，然后又酸酸地说，“而且好奇怪哦，你的衣服都是一些高档货啊，真是与这里格格不入。”

“你好像酸上瘾了嘛。”我淡淡地说着，那么明显的酸酸的口气，我会听不出来？她根本就是想要把刚刚的事情扳回一局。

她吐舌笑了笑，接着便发现了床底下的那个铁盒子。

“这是什么？”

“谱，应该是。”

她打开盒子，径自一张一张地看了起来：“好棒……都是一些很好听的歌。还有一些没听过，你们自己写的？”

我想，可能连她自己都没有发现，她恢复记忆的速度，比我想得还要快，也比我快。是因为我内心不自觉地去排斥的关系吗？排斥记忆再度闯进我的脑海里……

“说真的，你一定要想起来。”她放下了谱，一脸认真地说。

“为什么？”

“你们是一个，很棒的乐团。”说着，她又笑了。

“……什么很棒，我都死了。”

“谁说死了就不能组团了？还有我啊。”

“你臭美。”我轻推了她的头一下，渐渐觉得，这间房间寂寞的味道好像比上一回来时少了一些。

“对了，你的家人呢？你有想起过他们吗？”

“我的家人？”这个名词让我感到相当陌生，“或许我就是没有家人，所以才住在这边吧。”

“对不起，我好像问得多了。”

“没关系，对于你说话做事都不经过大脑的个性，我已经渐渐习惯了。”

“什么！我没有好不好！”她撇撇嘴道。

我不理她，让她一个人继续叽叽喳喳着，接着往旁边的小窗户走过去，发现这扇窗户连接的外面世界，竟有点出乎我意料。

不是暗暗的巷子，而是一览无余的蓝色天空。

“我好像……以前常常盯着这里的天空。”我喃喃自语。

“哎，郭宇翔，我问你哦。如果有一天我们清醒时，都恢复记忆了怎么办？”

“什么怎么办，就不用找啦。”

“是哦……”

“你该不会是在担心，如果真有那么一天，也许我们都会忘记对方是伙伴？”

她点了点头。真的是很容易被看穿的家伙，虽说容易看穿，但好像有些更真实的想法，却看不穿。

“忘了也好，反正我也不想记得认识过像你这么蠢的家伙。”

“……”这一次，她没有大吼大叫地回应我，反倒是一语不发地走出房间，然后默默走下楼梯。

我愣了一下才追上去。

“喂……这么开不起玩笑哦？”在二楼，我拉住了她。

“我又没怎样。”

“那你干吗跑掉？”

“我只是想要来二楼的练团室，要你弹这首歌而已。”

我接过她手上的谱一看，问：“这不是我们合奏过的那首日文歌？”

“但这好像慢板的，很多地方也都改过了，我想要听听看，唱唱看。”

我看着手上那张谱，不经意地注意到谱的左下角印着有“河岸留言”四个字。对哦，上次来的时候看到的画面里，好像也有人提到河岸留言……

“你会看谱？”

“咦？好像是啊。”

“你生前到底是做什么的？”

“哈哈！搞不好是让你知道了下巴都会掉下来的职业呢！”

“……唱歌吧。”我直接无视她。

“你太过分了哦！要是你的下巴到时候真的掉下来了，你就要给我钱！”她大声抗议着。

我则是看着那张河岸留言的谱，拿了另一把电吉他，关于这个谱的记忆，隐约地一点一点地跑回来了。

“哪来的钱，纸钱？好啊，我烧给你。”

“……可恶！”

“好好好，乖，音乐要开始了哦。”

“你把我当小孩儿在哄啊？”

我轻笑，带了点轻松感的音乐，透过了房间中的寂寞，相较于原曲的高昂，这种方式反而有另一种夏天的摇曳感。

这首歌……好像是我们一起改的，我们。

随着每一个小节的弹过，那年夏天的味道，就越来越浓，越来越浓。

我看着她居然能配合上这比原曲要慢上一倍的节奏，丝毫不差，有点惊讶。她之前到底是做什么的?

别跟我说也玩音乐，她看起来不像……

叮咚——

天空,有点乌云盘旋,天气预报说今天下午可能会有频繁的雷阵雨。

我关掉了电视，觉得天气预报根本就是在诅咒我的好天气，也不知道佟依依跟郭宇翔那两个家伙会不会淋得一身湿回来，弄脏我的宝贝屋子。

叮咚——

外头不死心的家伙继续按着门铃，而我也继续假装没有听到，躺在相当舒服的摇椅上，一摇一晃着。

啊——算了，下个雨也好，这几天这间屋子还真是闷死了。

就在我晃啊晃着，感觉有视线在盯着我的时候，我睁开眼，看见那个糟老头儿以超近的距离盯着我。

“舍得自己进来了？我以为你忘了自己是鬼了呢。”我充满酸意地说。

这个糟老头儿，明明死了几百年了，却还是喜欢跟牛牛、马爷一样装年轻，把自己搞得好像也是那些当红的韩国男子团体的一员。

是不是人老到一定年纪时，都会想要装年轻啊?

“罗莉……你明知道我有读心术。”他有点青筋暴跳地瞪着我。

我扑哧一声笑了，说:“哈哈哈，抱歉哦，你知道的嘛，小孩子想象力就是丰富了点。”

“你也早就不小了好吧！都四百多岁了。”他往旁边的沙发上一坐，然后舒服地躺下。

“跟您比起来，我算什么呢，呵呵。”

“死小孩……”他显然也快要被我给惹恼了。

“有屁快点放，看到你躺在我家真是莫名地不爽。”我双手抱在胸前说，意思是我要送客了。糟老头儿明知道我跟他不对盘，却还是喜欢厚脸皮地拜托我一堆事情，真的是……

“不识相——我帮你说完。”

“够了哦。”

“好啦，情况怎么样？”

显然他就是特地来关心现在情况的嘛……

“很好。”

“你说很好？那多无趣……”他撇撇嘴，一脸失去了兴趣的样子，然后请求道，“帮我个小忙吧？”

“凭什么？”

“凭……我再加送你一样，你说得出来的礼物。”

“成！”废话不多说，我先举起了右手，一旦他跟我相握，就代表我们之间的约定成立，谁也不许反悔，否则……没人知道后果会怎样，因为知道的家伙都不见了。

一握完手，糟老头儿很识相地消失不见。

我则是稍微沉思了一下，这样的确会很有趣，不过这样加料有时会出现反效果吧？耸了耸肩，管他，反正报酬该给的别少给就对了。

哗哗哗………

外头这下子真的下起了倾盆大雨，大到连眼前的马路都看不清楚的那种。

“当乌云来袭，雨的冲刷是否会形成一种淡淡的叹息？”

原来鬼也会被雨淋湿。

这是我睡前一直觉得很有趣的事情，跟佟依依要离开时，才发现外头下起了大雨。

我们是一起淋雨回来的，还为对方狼狈的样子笑得肚子很痛。

“怎么感觉跟她在一起，我变得更加脑残了？”

睡着前，我还是忍不住在想，什么时候我才会真正适应当一个不用睡觉的鬼？

什么时候呢……

哗啦啦……

早上，眼睛还没睁开，我就听见像是持续了一整夜的雨声。

只是，感觉有点混沌。

缓缓睁开眼睛，我知道，有什么事情不对劲儿了……

翻涌的记忆像是一场大浪般，占据着整个脑子。

连带我死的前一天的记忆也都……回来了。

心脏，扑通跳了一下，明明早就不会动了，却还是觉得扑通跳了一下。

“怎么会……”我立刻冲了出去，也不管现在的雨大不大，我冲，我用力地冲！

往那个属于我们FD乐团每一个记忆的屋子的方向冲！

我怎么会死了呢？

怎么会呢？

怎么会？

当我睁开眼睛的那一刻，我就知道了，很冷静地知道了一件事情。

我真真切切地想起了我是谁这件事，想起了每一个记忆的这件事。

我愣愣地坐在床沿，脑袋很空白。

“我死了……原来我死了。”

想起了这几天还疯狂找着记忆的我，我扭曲地笑了起来。

“哈哈！哈哈哈！”可笑啊！真的太可笑了！

忽然，脑海闪过了一个影子，郭宇翔。

我这才赶紧冲到他的房间，却找不到他……

“郭宇翔……郭宇翔！”

曾经有想过，如果这是一场梦，那么我希望这是一场永远也不要醒来的梦多好。

Chapter 7

狼狈。

一身狼狈。

从别墅那里一路奔跑过来，我被淋得一身狼狈。看着眼前的巷子，眼前的屋子，过往的每一段记忆，竟然都是如此鲜明。

明明前一晚还是那样混沌、模糊、不清楚，一夜之间，老天爷把它们一次性地还给了我，一次性地塞进我的脑中。

真的是很过分呢，没有经过我同意就让它消失，现在同样也没问过我一声又还给我。

让我如何接受？

如今，想起了所有的一切，我甚至连再度踏进去的勇气都没有了。我想起了琪拉在那一天对我所有的哭喊、怨怼，想起了小猫跟光耀那一天站在练团室门外的样子。

“笨蛋你们！笨蛋！就算没有了我……就算没有了我，梦想不应该停下来的啊！不应该的啊！”我哭了，我哭了……

我无声嘶喊，无声哽咽，悼念着所有的一切。

我到底怎么会死呢……到底怎么会呢……我明明什么事、什么意外也没有发生不是吗？那天我还很安稳地躺在床上睡着了不是吗？怎么会……睁开眼就死了呢？

咔嚓……

大门被打开了。

是琪拉，她提着一大包行李，那个行李箱还是她一直舍不得用的、歌迷送的LV限量行李箱，现在她甚至舍得让它淋雨了。

她的火红发色也不见了，一脸的哀伤是最不适合她的表情……她在道别，对这间屋子、这个我们逐梦的地方道别。

我竟然一句话也说不出口，即便说了她也听不见。

只能眼睁睁地看着她，穿过我，我的……灵魂。

“这不是……我要的结局，这不应该是我的结局，更不该是FD乐团的结局！啊啊——”我几近崩溃地大吼，只能大吼，在这个没有任何人听得见我的世界里，大吼。

“郭……宇翔？”一个很熟悉又不太熟悉的声音，模糊地出现在雨中。

我一愣：“佟依依？”

“你这是在干吗？”她一步一步走近我，同样也是淋了一身湿。

“我……我的记……关你什么事！”

“我的记忆也恢复了！你不用在这里假装不知道，不想告诉我！”

“所以呢？”真的很混沌，过去的记忆突然出现，覆盖了最近的，像是一种化学效果般，不协调地起了冲突。

“我们不是说好了吗？就算恢复记忆了，还是伙伴吗？！”

“伙伴……哈……伙伴，我连过去的伙伴，都留不住了……都无法遵守约定了……还讲什么伙伴！”

“怎么样？你的表情告诉我，你想起你的梦了？哈！笑死我了！前两天的你不是还对于过去的记忆不屑一顾吗？要不是老娘我死拖活拽地拉着你找记忆，你会吗？现在呢？现在的你怎么好像更跳脱不出来了？听清楚，你死了，不管怎样你已经死了，什么都来不及了！”她喘着气说着。

刺激的言语。

怎么会来不及……就算死了，怎么会来不及？

“你滚！什么都不懂的人，滚！”可笑的人到底是谁呢？是谁还说到时候她来跟我一起组团的呢？

我已经不知道了，什么都不想知道了……我只想要一个人，不，一个鬼，静一静……

她转身，转身的背影竟然跟刚刚的琪拉那样相似，好像这一走，就再也不回头一般。

我同样什么话也说不出。

只能看着她们走。

“啊！”抱头，我只能没有意义地大叫，没有意义地叫着……好像这样谁就能听到我心底最渴求的一份愿望。

我不是故意的。

不是故意那样刺激他的，我怎么可能会不懂呢？不懂那份记忆恢复得如此突然的震撼呢？

我知道，对他来说这样太残忍，如果是一点一点地想起来，至少我们的那种遗憾、那种痛不会那么多。

只是啊只是，有时候回忆真的太伤人。

太伤人。

雨，继续淋在我的身上，没有停歇。昨天的我们还很开心地迎接这一场雨呢，又是一个改变了很多的，一夜。

但是，这场雨也让我想起了，好多好多年前的那一天。

说给郭宇翔听，他肯定不会相信我生前是做什么的，啊啊，还真

想看他下巴掉下来的模样呢。

我生前的工作，可以说是一个创造幸福的工作，就是一名婚礼企划师，从一场婚礼的开始到结尾，所有的细节统统都由我一手包办。

到底为什么选择了这样的一份工作呢？

就是在那一天吧，那一场雨，改变了我对人生所有的看法。

难忘的雨，难忘的歌，难忘的一切一切。

记得那是大一那年，原本我是外文系的，主修日文。由于前一晚看日剧看得实在太晚，所以早上十点的课，几乎都快要来不及了！

一路奔跑地赶上了一班公交车，心想今天怎么这么衰，在我下车不久后，竟然还下起了倾盆大雨……离学校还有三个路口，超市也要第二个路口才有，我索性拿着背包挡雨，快速往旁边有遮雨棚的地方冲，就这样一路沿着遮雨棚走，我的上身已经湿了一大半。

“天啊……招谁惹谁了……”肯定赶不上了，这堂课的教授，是出了名的严格，在课上了一半之后才进教室，那比不来还要惨……

我垂头丧气地站在一个水果摊的店前躲雨，来回踱着步。

才发现，就在水果摊再往旁边的路口走一点，竟然有一间小教堂。

“有教堂就代表有厕所……”去借一下厕所好了，这一身狼狈看得我自己都觉得烦躁。

我拿起湿得差不多的背包，淋了一小段路的雨，奔跑进教堂。

一走到门口，就看到有不少的人，正热热闹闹地走进教堂中。

“有什么活动吗？”

今天也不是礼拜天啊，应该不是来做礼拜的吧。直到走到教堂的正门口，才清楚地看见外头摆着一个大相框，是一对新人的照片。

“妹妹，要不要进来一起祝福这对新人？”一位老太太笑眯眯地问着，我点了点头，跟着坐到了最后一排。

真是新鲜，这还是我第一次参加别人的婚礼。

没一会儿，熟悉的《婚礼进行曲》开始。新娘牵着父亲的手慢慢踏上了红毯，漂亮的白纱让人深刻地感受到女生们梦想的幸福，一步一步地，缓缓地走着，而属于她的幸福，正温柔地站在神父面前，等着她。

看起来相当不舍的父亲，把她的手交给了新郎，最后不舍地放开……这一幕让人感动。

很特别的是，在神父准备主持宣誓之时，一旁的婚礼歌手，用比平常还要小的音量，缓缓地唱起了搭配此刻的歌曲。

一首充满着幸福、让人想忘也忘不了的歌曲——伊能静的《你是我的幸福吗》。

你是我的幸福吗？为何幸福让人如此犹豫？

爱情渐渐模糊，你的付出我总不够清楚。

神父缓缓地配合着音乐的节奏开始主持宣誓，直到两人都说了“我愿意”并亲吻对方的那一刻，大家都陷入了一种深深的感动。

你是我的幸福吗？为何幸福让人变得忧郁？

我爱你，不再怀疑。只想对你说我愿意。

歌声在这时变得大了起来，仿佛也在欢呼着一般。

我跟着大家一起鼓掌，一起欢呼。

我的眼眶竟然也泛红了，明明结婚的人我根本不认识，却如此感动。

“好棒的婚礼，好棒。”我忍不住喃喃自语。

忽然，旁边一名看似三十多岁的女人，边鼓掌边说了一句话：“很棒吗？你也能做得到哦。”

“咦？”我愣了愣，转头看她，“不……我还没结婚的打算。”

她一听，扑哧一笑。“谁说一定要结婚了？”接着，她递给我一张名片说，“你好，我是这场婚礼的企划师。”

“婚礼企划师……”我对这么一个新颖的名词，感到很陌生。

“你也可以当我是婚礼的魔法师。”

我眼睛一亮：“像仙度瑞拉的仙女一样？”

“对！像童话里的仙女一样。”

“好棒！”

她摸了摸我的头：“你还是大学生吧？等你毕业，你要是也想做这份工作，就来找我吧。”

我愣着，愣愣地看着眼前这名充满了自信与光芒的女人，心中出现一股澎湃之感。很久的后来我才知道，她是婚礼企划界里的传奇，一个我怎么追也追不上的传奇。

看着粉红色名片上的名字，我默念着：“蓝爱。”

连名字都充满了爱啊！

走出教堂，发现那场雨不知道什么时候已经停了，而我的课也迟到两个小时了。

无所谓，这一刻真的什么都无所谓了。

因为我在刚刚的瞬间，已经找到我真正的目标了。

幸福的目标。

同年，我也遇到了那个男人。同年，我跟他成了校园的风云情侣，那一年发生的很多事情都很美好，真的都很美好。

“全身湿漉漉的，这么喜欢淋雨？呵呵。”罗莉的声音从我旁边传来，只见她端着两杯热热的红茶放到我面前。

“给我的？”看她那副可爱的模样，不禁又让我联想到上一次她的

恐怖鬼脸……

“不然呢？”

“没想到你也会想要喝人类的饮料，我们不是都死了吗？喝这些也没有意义不是……”

“那又怎么样？至少我觉得，我现在跟活着没什么区别呀！”她用儿童般可爱的声音说。

说得没有错。跟活着好像真的没有什么区别，唯一的区别就是——我们的至亲，再也无法看见我们，或跟我们说话罢了。

“对了，罗莉，我恢复记忆了，郭宇翔也是。”

她瞥了我一眼，淡淡地笑道：“呵呵，那很好啊。”

“可是，有一点还是很奇怪。”

“……”

“我还是不记得我是怎么死的……你记得吗？”

“你知道问别人怎么死的是一件很没礼貌的事吗？嘻嘻。”她漾着诡异的笑容说。

“对不起……”我一听赶忙道歉，生怕她又像上次那样。

“不过，你记不起怎么死的还真奇怪呢。”她站起身，准备走出客厅，“真不知道这场雨要下多久呢？”后头还补了一句让我听得莫名其妙的话。

外头，哗啦啦的雨，继续下着，甚至还掺杂着轰隆隆的雷声。

“是啊，”我喃喃自语，“这场雨……还要下多久呢？”

郭宇翔那家伙，不知道怎么样了。

不知道过了多久，我竟然可以一个人坐在客厅的椅子上失神了好几个小时，且还不觉得过了这么久，直到大门被用力地关上，我才惊觉有谁进来了。

我没有跑出去看，只是静静地继续发呆，继续发呆。

好像就这么待着，那些痛苦的记忆就会慢慢地又消失了一样。

滴答滴答……

身后传来一阵滴答滴答声，我知道，他回来了。没有任何容身之处的他，跟我一样，最后还是只能回来。无论再怎么悲伤。

他走到客厅的桌子前，看到了桌上没有喝完的红茶，一股脑儿地咕咚咕咚灌下去。

“对不起。”他道。

落地窗外，雨哗啦啦地下着。

“我也是，对不起。”沉默了好一会儿，我才小声说。

“你……还好吗？”

“很好，非常好。”

“我记不起我是怎么死的。”

我一愣：“我也是……刚刚问了罗莉，她说记不起怎么死的很奇怪。”

转头，我看着他，终于正眼看他。

“这样啊，”他点了点头，“所以我们还是有很多一样的问题要去解决嘛。”

“……”

“还是伙伴吧？”他伸出湿湿的右手说道。

我笑了，也伸出手用力一握：“嗯。”

跟佟依依道了歉之后，我拖着疲惫的步伐回到房间，一进房间便累得坐在地上。情绪是稳定了点儿，不然我也不会跟她道歉。

只是我看得出来，我们一样累，面对这些突然出现的记忆，我们一样累。

太多了，太多了，那些日子的记忆不知道为什么都太清楚了。

曾经说过的话、做过的梦都是那样清晰，那样……

“琪拉走了，我也死了……FD乐团……解散了。”我心痛地喃喃自语。那个让我们追逐的梦，散了，因为我的关系，因为我一个人死掉的关系……

曾经那样快乐的我们，好像再也回不去了。

其实现在回想起琪拉在我灵堂前喊的那些还蛮好笑的，的确，真的辛苦她了。

要说我是一个花心的人，其实也对，我只是——想要成功而已，而且一个还算红的地下乐团，会有很多粉丝也不是一件奇怪的事。我也不过是想要我们团能够保持高人气，私下跟那些粉丝们出去过几次而已。

好吧，再这么说下去，琪拉那家伙听到了，肯定又会破口大骂的。

对，我是一个花心的人，而且还是女生们口中说的那种烂男人。嗯，可以这么说，我并不否认。

说我利用她们也好，骗她们也罢，反正，人不就是这样？互相利用来利用去，我只是做得比较光明正大而已。

但是，不管真实的我是怎样的，对于音乐，对于乐团的那个我，是最诚实的，没有半点虚假。

音乐、乐团，是我的生命，如果没有了这些，如果没有了这些……我就等同失去了呼吸的理由。

然而如今竟然是因为我没了呼吸，而毁了这些。

这个乐团是怎么组起来的呢？一开始只有琪拉和我。

她很奇怪，从高中我们同班之后，她就很喜欢跟着我，虽然嘴巴总是很坏，甚至还帮其他暗恋我的女生送情书。

我一直以为她喜欢我，可没想到她竟然比我还要花，就这样混了三年。大学时代，很不幸我竟然跟她又同校还同系外加同班，我就是

那个时候又认识了光耀跟艾力克。

那个时候我们一见如故，是用音乐来认识彼此的，当下就有了想要组团的冲动。

当我们偷用音乐教室练习的时候，被大学教授的一个小儿子给逮个正着，那就是小猫，当时的他还在舔棒棒糖咧。

没想到，他看见我们偷用教室没有跑去告诉他老爸，反而还问了一句:“你们好像缺一个鼓手？”

我们点了点头，他又自我感觉良好地道:“那我要当，好吗？”

“啊？”这是我们当下的第一个反应。

一想到这儿，我还是忍不住地笑了。

小猫是一个音乐天才，当时的他就已经精通爵士鼓，以及所有关于打击乐的东西，就这样，一个团该有的团员都有了。

“所以，我们真的要组？”艾力克不相信地说。

“组啊，干吗不组？”光耀反问着。

“我最讨厌别人半途而废，想要我当主唱，这个团最好就可以活久一点！”不改粗鲁风格的琪拉说。

“我没意见。”小猫耸耸肩继续吃棒棒糖。

“那团名呢？”我问。

“郭宇翔这个我老早就帮你想好了，别太感动啊！”琪拉笑道，“就叫FD，就是英文‘飞翔梦想’的缩写。”

“飞翔梦想……”我跟着喃喃自语。

“为什么不是梦想飞翔？”光耀问。

“啊！你当在拍文艺片啊！娘娘腔！”琪拉蹙眉说。

“我娘娘腔？哼！难道飞翔梦想就不娘娘腔？差别在哪儿？”

“你……”

“好了，别吵了！就叫FD吧！”我赶忙说，但还是很高兴，琪拉居然老早就帮我想好了这么一个名字，符合我心情的名字。真是知我者莫若琪拉。

FD乐团就是在那么一个荒唐的情境中诞生的。

荒唐、吵闹、炎热的情境。

很多时候我们都很无力，无力那些明明应该幸福的开始，为何最后总成了一个悲伤的结尾。是我们的错，还是命运的错？

Chapter 8

我又偷偷跑到屋顶上了。虽然我不确定会不会又遇到罗莉。

一场雨过后，屋顶变得又湿又滑，可是却有一种味道，雨后的味道。就像一首钢琴曲弹到了某一个高潮，中场休息的味道。

很意外，在屋顶上遇到的人不是罗莉，竟然是上校。

只见他正叼着一根雪茄，眼神充满了许多复杂的情感，看着远方，很远的远方。

他甚至连我悄悄地坐到了旁边都没有发觉。

看着他叼着雪茄的模样，我忍不住咕哝："鬼到底还能干吗？除了喝下午茶，还能抽雪茄？"要不是我能穿墙又能被人穿过身体，我还真不觉得自己已经死了。

“就算不觉得自己已经死了，可是有一点能让你相信的——就是你与生前的那些人和事，再也没有关系的事实。”他缓缓地说着，就像又一次看透我的心思般说着。

我愣了愣，不语。

“听说你们已经恢复记忆了？”他问着，然后吐出一个大大的烟圈儿。

“为什么能抽烟？我们明明都没有呼吸了，为什么能抽？用什么抽？”我像是逃避他的问话，抑或刻意执着在某一个点上。

他只给了我一个很轻的笑容，然后沉默。

我们没再交谈，径自看向属于自己的远方，好远的远方。

“现在想起几天前的自己，还真是可笑极了。”我像是在自言自语般说。

为什么不能乖乖当个没有记忆的鬼呢？为什么还一直认为想起那些记忆，是好的呢？

“那么，如果现在要你喝孟婆的酒，你要吗？”

“你是说……失忆的酒？”

“嗯。”

“我……我……不要。”

“你不愿意？矛盾？”

“是啊，矛盾。”如此自相矛盾的我，连我自己都快搞不懂了。

“那是因为，如果连个可以思念、哀悼的过去都没有的话，那种寂寞，远比现在的遗憾还要多，即便你会因为这样日日夜夜反复痛苦着。”他一字一句缓缓地说着。

“上校，你呢？你也是这样的吗？”

“我是在赎罪。”

“咦？”

“只有我一个人，一个人死在沙滩上，保留了完整的尸体，死在沙滩上。其他弟兄们，不是被炸得乱七八糟，就是漂在海上，浮浮沉沉，直到尸体完全被……多不公平啊，他们一定是这么想的。”

说着，他又淡淡地笑了。可是我却觉得，那是在哭。

“我不觉得啊，他们肯定会想，太好了，我们一直尊敬的上校，尸体是完整的，这样就够了！这对他们至少不会有太大的遗憾。”

“遗憾？”

“对呀，因为他们虽然都粉身碎骨了，而带领他们的上校也死了，可是并没有死在那片大海上，这样他们也算是保卫了自己的上级啊！”

上校愣住了，换他愣住了。仿佛，他的记忆又飞到了好远，好几百年前似的。感觉他一直捆绑了自己多年，却始终困在一个迷惑里，如今另一个新的想法的出现，让他变得有些措手不及。

“你……你懂什么，一个小孩子……”他恢复了原本的镇定，淡淡地说。

我笑了，学他轻轻地笑了，起身。此时的这个空间，该是属于上校自己的，看着上校的模样，感觉是那样熟悉。

我想起来了……曾经，我也时常有这种感觉，也就是为了持续追求这份感觉，才一直努力让自己坚强，不让自己倒下。

上校刚刚一闪而过的表情，散发的氛围，跟那些一对对步入礼堂的新人好像，真的好像。

努力帮人家达成一份幸福的感觉，然后在当下见证那样的神圣，是快乐的。

就跟此时此刻，有那么一点相似。

明明死掉也才没多久，为什么我却觉得已经过了很久了呢？好像很久都没有再次见证别人的幸福一般。

对了，就是上上个礼拜嘛，才办完那对年轻小夫妻的婚礼。啊——记得月底本来还要帮一对老夫妇办一场婚礼呢，他们是年轻的时候没有钱，才在老得终于可以享清福的时候，要替他们的爱情隆重地补办一场婚礼，以及度他们第一次的蜜月。

糟糕，真糟糕！我就这样死了，谁来策划他们的婚礼呢？有没有办法弄到最完美呢……

摇了摇头，我一边爬下了屋顶，一边抬头看着朦胧的月亮偷偷地躲在云的背后。

“就算没有我，还有爱姐、安安、心情……那么多优秀的人……”

只是，好不甘心啊。

我明明好好的人生，好不甘心啊。

风轻轻地吹。感觉这阵风也穿越了我的灵魂般，更让我的存在感，一点一点地从那个世界，那个曾经有我的世界消失了。

但是，我知道，我从来就不是一个甘愿停留在原地的人，从来就不是。

即便这样的个性自从遇见他之后稍微不见过，他——陈威宇。

又过了一天。

就算我这么无法接受，记忆回来了就是回来了，不会再睡一觉又不见了，也不会再睡一觉我又复活了。

“佟依依那家伙……不知道怎么样了？”

还以为今天一早她会来敲敲我的门，看看我是不是死了呢……啊，不对，我早就死了，应该是来看看我魂飞魄散了没。

走出房间前，我不觉地瞥向了旁边的穿衣镜，再一次看见自己的模样，那种陌生的感觉没有了，不，还是有的，因为这个模样跟我原本的打扮，根本相差十万八千里。

回想这几天跟佟依依的相处——那真的太不像我了。不，应该是说，我从没用那种态度与方式跟女生相处过。

一直以来，我对待除了琪拉以外的女人，都是非常温柔的，从来都不会生气，更别说还对她大吼大叫了。当然，我对琪拉也不至于到大吼大叫的地步。

怎么一失去记忆的我，就变得那么不像……不像自己?

我自言自语:“不……是陌生又熟悉的自己。”在很久很久以前，我本来应该是那样跟女生相处的，也不知道是从什么时候开始才变成这样。

穿过了佟依依的房间，才发现她不在。

不在? 那会去了哪儿? 我先是到那间我们的音乐房，然后去了一楼的客厅，正想走出去看看她会不会在屋顶上时，一开门，便看她正在外头的庭院里，玩着地上画好的跳房子，在那里智障地跳来跳去。

“你……佟依依! ”

“郭宇翔? 你醒啦? 真是的……一点当鬼的自觉都没有，睡什么觉，鬼哪儿需要睡觉啊! ”她转头一看见我，便聒噪地吵着。

“你在干吗? ”

“没有眼睛哦，我在跳房子啊。”她还理直气壮地说。

“你……”气死我了，没办法，就算恢复记忆了也没办法! 要对她这种人温柔，困——难! “你是脑残了是不是? 我就知道你的大脑有问题，像这种一次接收全部记忆，对你的大脑来说太困难了! ”我接着说。

“什么跟什么，我是太无聊了好嘛！谁叫你那么喜欢睡觉。”她撇了撇嘴，抗议着，“而且，这很有趣好不好！可以放松大脑啊！”

“放你的大头鬼！这么闲不会去练练你的音乐素养啊！说要组团的人好像是你哦！”

她一听：“不行，在那之前我们还有事情要做。”她一副好像又计划了什么。

“啥？”

“我说过了吧？如果找回记忆后，要向那些爱我的人好好道别才行，以及，向过去好好地说一声再见。这样我们死后的乐团之路才会顺畅啊！”

越来越怀疑她到底是哪儿来的家伙了，怎么有人昨天还一副要死要活的样子，今天又像是什么都没发生似的活蹦乱跳？

“随便你。”

“嘿！郭宇翔！你真有良心！”她高兴得跳了起来。

那一瞬间，我才看见——原来，她并不是真的很开心，并不是。

因为那一闪而过的表情太熟悉了，是我也常会有的表情。为了掩饰某种真正的心情，而不协调地做着相反的事。

越难过，就越开心，而越开心，反而会越镇定。

才发现她跟我一样，是个在情绪表达上特别扭的家伙。

“真是……傻瓜吗？”

“哎，郭宇翔。”她跑到我旁边来，一脸贼笑地看着我。

“什么‘哎哎哎’的，我才不矮，我比你高好吗？”我故意曲解她的语言。

“不重要啦！你想不想知道我生前做什么的？”

“不想。”我下意识地回道，看她那脸，就知道她想要向我炫耀些什么。

“哈哈哈！我啊……”

“我都说不想知道了。”

她故意无视我的拒绝，继续说道：“我可是一个婚礼企划师哦！”

“婚礼企划师？”

“怎么样？吓到了吧！我就说你一定会吓到下巴都掉下来！哈哈！”

“你不会是专门帮人家悔婚的吧？”

“我早就知道你不会信了，走走走！我带你去看看我工作的地方！”

“可以不要吗？”

“不可以。”她咧嘴笑道，转身踏步往前走。

我笑了。

她又笑了。真是个又蠢又……不知道该怎么形容的家伙。

其实，看到郭宇翔又有精神的模样，真是让我安心多了。因为他

昨天的样子，真的太陌生了。

还好他选择了面对，而不是继续逃避。

当然我知道，他的内心有一半还是刻意地不想谈到过去。

就跟我一样，还暂时、暂时地不去想陈威宇这个人，还不想。

带着他混入人群搭上我平常最常搭的301公交车，到了有新娘街之称的中山路路段，我们下了车，走过了一个红绿灯，看着那再熟悉不过的招牌，我怀念，只能怀念。

“就是这里？‘苏菲亚’？”他念着店名说。

“嗯。”发现不过几天没来，橱窗的那件婚纱又换了，换上了爱姐之前特远从英国订制回来的一套新娘婚纱。爱姐就是这样，时常额外地砸钱买婚纱，好提供给公司的客人们租用。

问她为什么，她只说反正她花钱她开心，不在乎那些到底是不是用在自己身上，她只是觉得这样很开心而已。

我们一起穿过了玻璃门，走进一间到处都充满了幸福味道的地方。可以看见来来去去好几对小情侣或是适婚年龄的未婚夫妻，正在一楼大厅的柜台前开心地选择着婚纱的样式，更有一些在另一个洽谈处前讨论着该找哪位婚礼企划师来策划他们的婚礼。

“我听人家介绍依依企划师，说她的风格总是符合需求又带有清新的感觉，同时还可以帮我们把预算算得刚刚好。”那位二十七八岁的女人说。柜台下，她跟未婚夫的手紧紧地牵着，好不幸福。

“依依吗……”专门负责接洽的真真垂下了眼，不好意思地说，“依依姐的确很优秀，不过很遗憾……她……过世了。”本来应该很忌讳在有婚礼喜庆的地方谈论这类话题的，可她还是说了出来。

“笨蛋真真，不会说去远行了哦。”我在一旁看着，忍不住地说。

“咦？怎么会……”女人惊讶着，“真是遗憾……”

“我们家的爱姐更优秀哦，要不要考虑她？”她赶紧掩饰刚刚的哀伤，微笑着专业地询问。

“好吧，那就麻烦你帮我们安排一个洽谈时间，谈谈再说。”

“好的，那么就下礼拜一的下午两点，可以吗？”

“好。”

我目送着那对新人走出店外，只能目送，什么也不能做。

“哎哟……竟然还有人指名点你呢，不会是亲戚吧？”郭宇翔用着又酸又欠揍的语气说。

“欠揍啊？”

“哈！”

我带着他往楼上的办公室走。

一穿越过那扇门，我知道，迎接我们的肯定又是一个非常混乱的画面，每个人忙进忙出，甚至直接大声讲话，跟各种厂商讨价还价，或是拼死拼活地就是想要抢到客户们指定的场地等。

就是这么热血。

“哇，简直就像是菜市场嘛，跟我想得好不一样。”郭宇翔愣愣地说着。

“你不知道啊，一场美丽又符合客户们心意的婚礼，可不是随随便便就搞得出来的，现在，知道我的厉害了吧！”我得意地说着。

“是是是，佟大师，您说的对。”

“你又在酸我！”

“请问……”一个熟悉的声音出现在门口，他呆呆地对着嘈杂的办公室说。

我转头，一怔：“他跑来这儿干吗？”

“他不就是你之前的未婚夫吗？”郭宇翔问。

“不是，我们从来……就不是。”

此时，正在跟厂商讲电话的爱姐，一见到陈威宇，便马上挂上了电话朝他冲过去。

“你来干吗？”

“我知道依依她走了……我想说，这里会不会还留有她的东西，我可以带走吗？”

“笑死人了，你是她什么人啊？凭什么？”

我知道爱姐一直很不喜欢他，从她第一眼看到他之后，就常跟我说，早点分手比较好，不然我肯定会……

当然，事实证明了她说的一点都没错，只是那时的我，真傻。

陈威宇抿抿唇，什么话都回不了。

“你走吧！我们这里的人没空招呼你，你也看到了，我们都很忙。”

“那么让我去参加依依策划的最后一场婚礼总行了吧！她走之前，应该有刚好完成的策划案吧？”

爱姐刚好转身，一听，连头也不回，冷冷地说：“你没资格。”

砰！其他人把他推出去，门一关，马上又恢复了原先的嘈杂，大家又拼命似的继续忙自己的事。

“你跟他到底怎么啦？好像你周遭的人都很讨厌他？”

“因为他讨人厌啊，哈哈！”我咧嘴笑道，刻意掩饰着最心底的悲伤。

“你……”

“好了好了，现在也证明了我生前的工作给你看了。倒是你，你的家人呢？总得回去看看吧。”我转移了话题说。

“我的家人？”郭宇翔重复着，表情有点奇怪，随即他又恢复了正常的表情说，“我没有家人。”

“……”我看着他的脸，沉默。先是拉着他穿过了好几个门回到街上，然后便径自在一张长椅上坐下。

“怎么？我没有家人有必要让你惊讶成这样？”

“没，只是觉得很奇怪，为什么你要故意这么说？”

“我故意？”

“你明明就有，因为我在你的巷子的那间屋子的床垫底下，发现了一张全家福，你还有一个哥哥，对吧？”

“你偷看？”他的脸整个冷了下来。

“没有啊，不小心翻到，就看到了。”

“……”

“反正你都死了，一个死掉的人还跟家人闹什么别扭？”

“你以为每个人都像你一样，有个在你死了之后会每天以泪洗面的家人吗？别以为全世界的每个人都有父母，都有一个美满的家庭！”

他又朝我大吼，我好像已经渐渐习惯了他情绪失控的吼叫，因为我慢慢地明白，那只是他的一种自我保护。

“所以啊，反正看又不会少一块儿肉，他们也看不到你啊！难不成你郭宇翔连这点勇气都没有了？”我挑衅着说。

“够了！别老是一直逼我去做一些你自以为是帮助我的事！”

郭宇翔这次是真的生气了，我不懂为什么他要这么生气，可我却只能愣愣地看着他一副拿我一点办法都没有的模样，然后径自离去。

好像。

好像哦。

跟以前陈威宇对我发飙的时候，好像。

是不是我的错呢？是不是我的个性就是很容易让人不爽，让人想发飙呢？所以才会落得如此下场……

连续两个不同的人，都有着类似的情绪失控，这真的是我的问题吗……

好无力，真的……好无力。

曾经，痴人说梦似的想过，要是每个人都能知道对方的心里在想什么的话，也许，人跟人之间就再也不会有争吵了，没有争吵，也就等于没有伤心。

Chapter 9

不是故意的。

真的不是故意那样对她发火的。

只是，真的很讨厌那些不懂的家伙，随便地对我说教，随便地评断着。

为什么那些人总是能那么轻易地这么说呢？就因为自己拥有一个美满的家？就因为自己从来没吃过苦，总觉得世界太平？

我讨厌这样，就因为讨厌，所以我玩音乐。音乐，对我来说除了是梦想，同时也是让我来逃避这世界的一样东西。

只有在那短短几分钟的音乐过程中，我才觉得自己好像真的还活着，还认真地活着。

即便现在已经死了，我还是不能没有音乐。

其实，刚刚我看到了佟依依那瞬间受伤的表情，但我真的不是故意的。

我知道她单纯，她总是乐观，甚至还有一个等着她回家的奶奶。或许是羡慕吧，因为我知道，除了乐团里的人之外，没有人会等着我回家，会为我的死而难过。

真的。

他们知道了搞不好还会庆祝呢——终于少个人了，反正他活着跟死了没两样——他们肯定会这么说。

我的父母，我的哥哥。

应该是从我有记忆的时候开始的，我就知道我是这个家里多出来的孩子，多余的。

我跟哥哥差了8岁，听说我是不小心有的。

他们原本希望是个女孩儿。因为爸妈原本希望生一男一女的，结果没想到却还是个男的，这让他们很失望，甚至觉得两个男孩子真的太多了。说什么以后家里的事业也只要交给大的就够了，多了一个男孩子，只会伤和气。这些，都是我在那懵懵懂懂的小学一二年级时，不小心听到的。

我家是做室内装潢的，开着一间还算挺赚钱的小型公司，爸爸从哥哥中学的时候就开始让他接触家里的事业，明显地就是希望他未来能够接班，而哥哥当然也坐享其成这样的事。

不平等的待遇，仿佛从我出生的那一刻就开始了。

以前，在家里吃饭的时候，几乎都是他们3个人在交谈，问哥哥今天在学校怎么样？交了什么样的女朋友等等的。多么温馨的画面，但就是少了我，明明我也坐在餐桌上的。

在家里，我每天说的话几乎不超过3句，即便我今天逃学了还是怎么样，也不会有人关心，连骂都没有。

高一的时候我跑去打工，不让哥哥跟父母知道买了一把吉他。记得那时我都把吉他放在琪拉家里，每天都会去她家练习，甚至连她母亲为了逼她学着有气质一点而买回家摆的那架钢琴，最后也能让我使用、练习，虽然到最后学起来的只有我，因为琪拉说弹钢琴真是太做作了。

直到高中毕业，妈妈说我若要继续读大学，就自已去想办法后，我便离开家了。

从凤山来到了市区。

找了一间酒吧，晚上做吧台服务生，白天则继续念我的大学。

还好我有继续念大学，不然乐团也不会成立了。大学期间，可以说是我人生中最快乐的一段时光，我怀念过去我们总是窝在一起练团，我怀念。

大学的四年，我只回过两次家，第一次是大一的春节，第二次是大二的春节，之后就再没回去过。这中间他们偶尔会打电话给我，我的选择永远是不接，短信来了也直接删掉。

因为，那两次回去，我仍然像过去一样，像个陌生人，他们也顶多比平常多上了两三句的问候，仅此而已。

大二，我是抱着莫名的一点点希望回去过年的，当然结果并不会有什么改变。

那晚，年夜饭的那晚，我吃到一半说出了藏在心底多年，好几次都差点脱口而出的话——

“干吗生我？我问你们干什么把我生下来？很抱歉让你们失望了我是个男孩儿，而且很遗憾是没有长大跑去变性的正常男孩儿！你们真的很夸张知道吗？我也是人！就算不想生我，我已经活在这个世界上了，我也是一个人！你们有把我当成一个人尊重过吗？”

我看见，他们的表情是震惊的，说不出一句话，然后，我转身走人，真真正正地踏出这个家，走人。

这个从来就没有我的名字和我容身之地的家。

如果，我是说如果，当初我没有迷上披头士的音乐而跑去学电吉他的话，我可能早就去坐牢，去杀人放火，去自生自灭了。

而，我也是从那一年，开始知道了自己有张好看的脸，开始懂得利用这张脸，极尽所能地去得到我想要的。

那个家教会我的就是这个，如果想要得到那些应该属于自己的东西，就必须要不择手段。

“羡慕吧？”

一个稚嫩的声音从我背后传来，明明我都躲到树林里了，怎么还是有人找得到我？

是罗莉，跟我一点也不熟的罗莉。

“你一定很嫉妒佟依依的乐观，虽然没乐观到哪里去，不过至少她不会有像你这种怨天尤人的心态，对吧？”

“可以不要来烦我吗？”我冷漠地说着。

她的言语太刺耳，我一点都不想听。

“而且，你更羡慕的是，她总是有办法打心底产生快乐。”

“我叫你闭嘴！”我吼，即便她的脸瞬间恐怖地贴我贴得很近，我还是吼！

罗莉的嘴角浅浅地微扬，笑得诡异。

“就算你拥有了音乐、梦想，可是你知道的，用仇恨当作活下来的能量、当作追逐梦想的能量，你永远都不会快乐。”

直直的一句话，直直地刺在我的心口上。

血淋淋，让我怎样都无法反驳。

我轻轻地闭上眼，因为没有办法反驳，只好闭上眼，把自己的视觉听觉关起来，以前，在家的时候我都是这样的……都是这样的。

——或许会想成立乐团，也是因为我想要感受被人注视、关心的感觉吧。

“我到底是怎么死的？”我沙哑地问，是啊，我到底是怎么死的？唯独这个我怎么想也想不起来。

“嗬，谁知道呢，想知道答案，不会自己找？”

“……”

“啊——她来喽，没想到她也找到这里了呢。”罗莉咯咯笑着，然后下一秒就消失不见了。

取而代之的是，像是已经找我很久，几乎要把这里都翻遍的——佟依依。

“你！终于找到你了！”

“干吗？”我依旧冷漠。即便有点惊讶她被我说了那样的话之后，还会想要找我。

“对不起！郭宇翔！对不起！”她弯着身子道歉着，大声地道歉。

“你……”

“你说得没错，我真的太自以为是了，真的很对不起！”说着，她终于抬头对上我的视线。

“我也……对不起，我不该那样子凶你的。”

她摇了摇头:“所以，我们和好吧？”她努力挤出一丝微笑。

“不过…… 你可以等我回去再跟我说这些话啊，干吗这么拼命地找我？”我站起身，看着她一身的狼狈样，就知道她肯定连乱七八糟的地方都去找过了。

“我怕你…… 怕你魂飞魄散啊。”

扑哧，我忍不住地笑了，真忍不住笑了:“傻瓜吗？”

“因为…… 你那个时候的眼神，吓到我了，你的眼神…… 好像在求救一样。”她似乎不知道该怎么表达地说着。

我一听，愣了愣，把手轻轻地放到了她的头上:“回去吧。”还说我呢，你那个时候被我凶的样子，仿佛也像是想到了什么似的害怕，不是吗？

笨蛋。

回去的路上，郭宇翔出乎我意料，竟然把他那时会那样生气的原因都告诉我了，包括他的父母，他一路走来坚持的那种力量，竟是源自仇恨。

他说，他是个懦弱的人。多年来，他连亲口问父母一声，到底有没有把他当成儿子看待的勇气都没有，那晚他也只敢吼完那句话就逃跑，后来他们再打电话给他，他也逃避似的不敢接，短信不敢看。

怕，怕他一直认为的事情，得到一个证实，所以他逃。

“反正我们又不用睡觉，现在就去你家看看吧？”

“不可能，我不可能回去的。”

“你已经是鬼了，还怕？”我挑眉。

“谁说我……怕了？”

“那就快点带路吧，伙伴。”我咧嘴一笑，希望的就是同是天涯沦落鬼的我，能够给他一份不再逃避的力量。

“佟依依。”

“嗯？”

“你真的很像傻瓜！”他莫名其妙地说着，然后就走到我前头。

我气得追了上去：“嘿！什么态度啊？这个时候你应该要说一些更感性的话吧？”

“你以为我们在演戏啊？还感性咧。”

“郭宇翔！”

“跟好跟好，路痴不要乱走，是你知道路还是我知道啊？”

“吼！”

“别吼了，就算是鬼，现在三更半夜的，吵到人怎么办？”

“吼吼吼！”

“……”

“吼吼吼吼！”

“再吼我就亲你。”

“……”

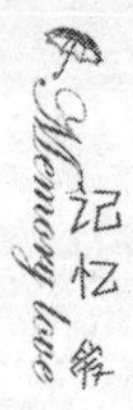

“你那是什么态度？多少粉丝想要我的吻都要不到呢！”

“带路的麻烦带好一点好吗？”

我们就这样一路又打又闹，稍早前的吵架，仿佛一下子都消失不见了。

真奇怪，为什么呢？为什么之前我跟陈威宇吵了架之后，没办法像这样一下子就和好呢？反而……反而吵了架之后，有的只是停不下来的悲伤。

其实啊，我一直想问问陈威宇呢，你过得好吗？

本来约好要见面的时候，我就想这么问了，可是现在应该没有机会了。

陪着郭宇翔，我们来到了凤山。

在凤山接近麦当劳、比较市区的地方，旁边有一小块住宅区。他说他们家的老房子就这样住了二三十年没有搬过，不过因为家里就是做室内装潢的，所以房子并没有想象中老旧，反而还很新，甚至外表看上去简直已经被改成了质感不错的小小别墅。

“做室内装潢真好。”我点点头称赞，这住着享受天伦之乐的一家人的屋子，给我的第一感觉，竟然是温暖的。

只是很多事情，我知道不能光看表面。

我们穿墙进了屋。

看见了一名年岁差不多已经六十的老伯，躺在客厅的沙发上呼呼大睡，而电视则还反复播着新闻，叽叽喳喳。

“这是我爸。”他淡淡地说。

“你房间在哪儿？”

“我不知道我还有没有房间。”

“干吗这样说啊？走啦，看看就知道啦。”我推着他说。

他的表情一闪而过，有点悲伤。

我不知道该怎么安慰他，才发现我竟然对安慰人这种事这么不拿手。

“我记得，我的房间是在四楼，就是最顶楼的房间，只有我一个人住在那一层。”

“那样很好啊，一早起来还可以直接上顶楼做早操。”

“做早操？你当我是老人啊！”

“哈！”

稍微缓和了气氛，我们一层一层地爬，经过了二楼，然后又经过了三楼。他说，以前家里的热闹只会到三楼就停了，很少会有人跑到四楼来，除非是母亲要去顶楼晒被子。

我抿抿唇，只是安静地陪着他，接着我们的脚步在四楼停了下来。

感觉，好像已经十几年没有人气的一层楼。

就连房间的门，都感觉落了许多灰尘一样，除了门把手。

他沉默了一下才打开房门，出现在我们眼前的，是一个意外的画面。

里面竟然到处都贴满了郭宇翔的海报，看着海报上的团员，我愣愣地说："这不会是你们团的海报吧？"

"嗯……"

郭宇翔的脸，比我还要震惊了一百倍，是那样诧异，那样说不出话。

房间里几乎一尘不染，看得出来一直有人在帮这里打扫。

"不可能……"他呆呆地说。

除了贴了满墙的海报外，还有一把电吉他静静地靠在床边，以及许许多多的EP专辑。

"这把吉他，跟我高中时买的那把一模一样，但不是同一把……这是怎么回事？"

他迷惑了，相当迷惑。

我坐在床边，静静地陪着他。

不可能。

不可能啊……这怎么可能呢……

这是梦吧，这一定是梦，这一定不是我的房间，我的房间怎么可能被布置成这样呢？我都死了……不……我……我……

刚刚被我打开一半的房门，这时被人完整地推开来，而进来的人竟是刚刚还在客厅躺着睡着了的爸爸。

他没有表情地看着房间，喃喃自语："回来了吗？是你吗？宇翔。"或许是察觉到了房门莫名其妙地被打开了，他对着空气说着。

一样的语气，跟过去我每一次放学回家时一样的语气，冷漠。

其实，就算这里摆满了关于我乐团的东西，也没什么，那肯定是他们终于发现了我这个儿子居然还能搞乐团搞到有名气，想要跟人家炫耀吧。

肯定是的。

他走到我的床边，轻轻地靠着，点上了一根烟。

然后他自言自语了起来："你啊……一定以为你高中时买的那把吉他都没人发现吧？亏你还想得出要放在同学家这方法，其实你大二那年，我就一直想把这刻意跟在你后头买的一模一样的吉他送给你，可是，好像来不及了。"

……

我不懂，他现在这么说到底是什么意思？然后呢？然后呢？

"你说得没错……我们的确不应该把你生下来，我们的确期待可以生个女儿，只是当我想要改变这个想法来对待你时，已经不知道该怎么做了，怎么做才好？

"在你六岁之前，我都一直把你当个陌生的小孩儿来看，怎么做才好？才可以让我们变得更亲近？对不起，孩子，对不起。我们一直……欠你一句，对不起，对不起啊……"他越说越激动，最后真的流下了眼泪。

何必呢？这样子。

人为何总是要到了最后的关头，才能去理解一些过去无法理解的事呢？

而我，又为何在此刻也觉得，难过得想掉泪呢？

何必呢？

“老公……你又来宇翔的房间了……”

被吵醒的妈妈也走了进来，才发现，妈妈也老了好多，真的老了好多。

爸擦了擦眼泪，压抑住悲伤。

“别难过了，人都走了……”妈妈也红了眼眶。

“要是那天晚上，我能再跑快一点就好了，也许我们的儿子就会被追回来，也许他就不会……”

那天晚上，爸有出来追我？我不知道，因为我一出家门就搭上出租车走了。

我不知道……我真的不知道……

“会过去的，不管他原不原谅我们，我们犯的错已经是个事实了。”

“让一个孩子对父母说出那样的话，我才知道……自己错得有多离谱……”他抱着妈妈，难过地说。

“我也有错，我们都错了……”

我调整视线，转身准备离开。

那又如何呢？即便现在才知道那样对我有多残忍，即便现在才想要来弥补我，又如何呢？

一切都来不及了啊。

从小你们没给过我爱，现在才来说声抱歉，有用吗？有用吗？

我不会原谅你们的。我不想。

可是为什么我要在离开的时候，难过得想哭呢？

为什么那些误解、那些错误，不能在活着的时候，就解开呢？

啊……对啊，是我啊，是我当初故意不接电话不看短信，切断了一切。

是我啊。

是我自己逃避着不接受的。

如果那时我接了电话，我是不是还能在活着的时候奢侈地得到你们给的一些爱呢？

来不及了。

不管是什么，真的都——过去了。

只是我还是很高兴，你们有听了我拼了命也要做的音乐。

如果，如果，太多的如果，人——好像一直在后悔，一直在遗憾，可是，就因为有这些错误与遗憾，才能让我们更懂得该如何前进。

Chapter 10

总觉得死后的每一天都过得好缓慢，明明感觉昨天已经发生了很多、也做了很多事，但现在才凌晨四五点，起码还要一会儿才天亮，新的一天，还没有真正开始。

而我们，好像真的也不再需要睡眠了，这是不是在说我们也渐渐地——失去了最后一点人类的意识？

一这么想，就不自觉地感伤了起来。

刚刚看郭宇翔，也同样很悲伤。

不知道为什么，突然想到了一部电影。记得那个时候，我吵着要陈威宇陪我一起看，他却说他很忙，而且他只喜欢看动作片，不懂为什么我明知道还老是喜欢强迫他看他不想看的。

是啊……总是强迫。我苦笑。

交往了那么多年，我们只一起看过一部电影《刺客联盟》，其他娱乐活动就没有了。

等到我如今真的死了，我才越来越觉得，为什么过去的我那么愚蠢？都被人家这样对待了，这样伤害了……却还是爱得要死？

而今我真的不知道我到底爱他什么了，因为现在回想到的，全都是他的不好，对我的不好，不像过去我总是紧握着那加起来不到一年的日子，他对我好的日子。

"在想什么？"走在前面的郭宇翔转过身看着我。

"嗯？没有啊。"

他抿了抿唇，把手放进了口袋说："喂，我都能面对那些夸张的家人了，你呢？也该换你面对了吧？那个男人？"他刻意用着轻松的语调说着。

"我……"

"别'我我我'的，干脆一点。等你等得天都要亮了好嘛！"

"拜托！本来就已经快天亮了啊！"

"有注意到啊？我以为你已经发呆发到快要升天了呢，这样也算修成正果的一种哦。"

"你讲话真的很……很……"

“反驳不了吧？我可是靠嘴……不，靠实力吃饭的呢。”

“说谎也不打草稿。”

“喂！”

“好啦好啦闭嘴啦！不想再听你说一些让人想吐的话，闭嘴听我说啦。”我投降似的说道，然后便看见他得逞地笑了。

眼前，东边的天空也缓缓露出了淡淡晨曦，将早晨灰蒙蒙的天空染了色，好漂亮。

也有一种好希望的感觉。不知道怎么形容，就是觉得目睹了这日出的一幕，会让人有重生的感觉，即便这是不可能的事。

“……你看过《死神的精准度》吗？”

“啊？我想想……听你这么一说，好像有点印象……啊！之前有看琪拉用电脑播放过，我还笑她装气质才看这种电影呢，男主角是金城武对吧？”

“装气质……你会这么被她讨厌也不是没有原因的。”

“谁说她讨厌我了？”他挑眉，露出了男人的那种得意样，“在我死前的两天，她还跟我告白了呢，说三天后的圣诞节等我答……

“我想起来了！我原本在隔天还有这么重要的一件事，那我到底是怎么……”郭宇翔愣愣地说着，听着自己很顺地从口中讲出来的话，似乎连他自己都很惊讶。

我愣着，喃喃自语：“对哦，我跟他好像也约了圣诞节……有些话要说。”

对……后来，发生了那件事情的后来，偶然地又遇见了他。他说，他想解释，他说，他有些话一定要对我说，希望我圣诞节那天，可以出来见一面。

真傻啊，为什么我要答应呢？为什么我还想知道他有什么没对我说的呢？就算知道了……又如何？

“然后呢？你说《死神的精准度》，然后呢？”

郭宇翔的声音飘进了耳朵里，打断我又不知道飞到哪儿的思绪。

我轻轻一笑：“我一直很喜欢那部电影，一直。更喜欢那首歌……”

那个时候的我，刚好遇到了工作的低潮期，由于我对于婚礼企划师这一行完全没有概念，一切都重头来，包括了审美观以及设计婚礼的方式等等。

而那个时候，陈威宇依然是唯一支持我往这条路走的人。

他总是说，管那么多干吗呢？做就对了，反正失败了还有他，这样不就够了？

他虽然对事业野心很大，却也同时看得开很多，这也是我后来一直欣赏他的地方……

而那首歌的歌词，就像他给我的鼓励一样，每当失败的时候，总是会回荡在我耳边，然后我又有了勇气。

“你好像真的很喜欢用音乐当作记录啊。”

“嗯？曾经，他曾经说过，觉得我总是活在自己的世界，自以为是地用音乐去记录……”

“那有什么不好？人啊，记太多事情的话，痴呆得快，又加上你的脑容量本来就不多，用音乐去记录也很正常吧。”他用着理所当然的口气调侃着。

“你……”到底是安慰我还是损我啊……

“那歌词到底是什么啊？说几句来听听？”

“那我翻译我最喜欢的一段——如果能裹上面具，就能遗忘那样的气息，如果不好的记忆，可以把它用箱子锁上。就连那样阴暗的地方，也能找到你，就算不能回头，也要走得更远更远。这是藤木一惠的《Sunny Day》。”

“我也喜欢，而且我觉得这首歌词更适合我们。你看你昨晚居然能跑到森林里找到我，还有……不好的记忆，确实可以用箱子把它锁起来的。”

“咦……”我愣着，不知道为什么，被他的这句话给怔住了。

“好了，回家吧。”

“嗯……回家吧，回罗莉的家。”我笑道。

我用微笑偷偷地把刚刚那一份好像悄悄悸动的瞬间给隐藏住。

——更适合我们。

多久没有因为一个人的一句话就心动了？即便我早就没了心跳……

变成鬼的我，还能喜欢吗？

我不禁想这么问。

只是对于爱情，我不是早就已经怕了吗？

是的，我怕了。怕了，不敢爱了。

我认识陈威宇，其实真的是一个很偶然的际遇。

在我刚开学没多久的某一天，学姐要我把一封情书代她交给她暗恋了整整三年的学长，她说再不告白就没机会了，她只剩下一年的时间能在学校里看到他，她要赌一赌，千叮咛万嘱咐地要我一定交到他的手上。

耸耸肩，不就是交个情书，我也就答应了。

当我找到学姐口中的那个学长时，才知道那个学长是在我们学校里风云了整整三年多的人物，从新生开始就是校内瞩目的焦点，听说非常有建筑师的天分，才大一就已经赢得了国外的建筑设计奖回来，加上长得帅气、打响了学校的名号等，要不风云都很难。

不过也听说他很花心。

当我面无表情地叫了那个身陷在女人堆里的学长时，我心想学姐怎么会喜欢这么一个花心的男人？

然后我告诉他这是我学姐要我转交的情书，请他看完之后直接回答我，我会把答案告诉学姐。

“情书？我讨厌这么俗气的东西，告诉你学姐，我的答案是不要。”然后，连看都没看，他当着我的面把情书撕烂。

瞬间，我莫名心痛。

因为我仿佛看见了学姐的一番心意，竟然被人这样狠狠地糟蹋。

“我知道拒绝别人的告白要狠一点才不会给对方希望，但——我真难想象一个看起来风度翩翩的学长，也会做出这么没品的事。”

“我没品？”原本转过身的他，又转过头来，然后轻笑，“学妹，你是大一新生吧？不会是想引起我的注意，故意这么说的吧？”

“笑死人。我说学长，你该不会以为全天下的女人都非要第一眼就喜欢上你不可吧？”我反过来嘲讽回去，殊不知他身后的应援团女生已经快要用眼刀把我给碎尸万段了。

“哈！在我看，你现在就是在刻意引起我注意。”

“够了，我懒得讲了，反正我会婉转地告诉学姐你拒绝她的事，其他的事情，我会当作没看到。”觉得有点烦，我转头就走。我就是那种一旦我讨厌什么人，就会连话都懒得跟他讲的人，而他，现在被我讨厌了。

“学妹！你一定会跟我在一起的。”他忽然从我背后大喊。

这是哪一招啊？是怎样？电影还是小说看太多？

我摇摇头，简直比日剧还要狗血的台词亏他还说得出口。而此话一出，后头更是有一群女生不敢相信地尖叫起来。

“我说真的！我喜欢上你了！”他不死心地又补了一句。

——好像从那个时候开始就是这样，一向都是你最会耍浪漫，而我总是默默无语，可是到了最后，你的温柔、你的一切，终究不属于我。

自从他公开说了这些话之后，我不但成天被学姐们排挤、恶整，就连他也死缠烂打了我快一年。就在离他毕业只剩下一个月的时候，我在那一天突然神经线卡到似的，居然答应了他不知第几百次的告白。

我一定是疯了，当时的我这么想。一定是雨下得太大，那把伞太小，我才疯了。他不过是看到我淋雨，跑过来说我们一起撑伞，他陪我回家这样而已，之前他不也这样擅自做主地跟着我回家很多次了吗？但，那一刻我就是觉得心动了，因为他的一番话。

“我知道你可能觉得我烦，觉得我只是想要征服你才追你。老实说，一开始的确是这样，不过……我是真的喜欢上你了，真的喜欢。我甚至开始讨厌毕业，因为这样，我只剩下一个月的时间能看到你了。”

“学长……”

然后，我们默契地同时停下了脚步，望着对方的眼睛，他的脸离我的脸越来越近地靠过来，要是之前，我一定会把他推开的，可那时我却动弹不得，还闭上了眼睛。心动，为了那句话而心动，为了此刻这伞下的一吻而心动。

我们就是这样才在一起的。

隔天，我们终于在一起的新闻也马上轰动了全校，“风云人物陈威宇，苦追小学妹近一年”的纸条马上贴满了公告栏，连我都觉得很丢脸。而之前那些讨厌我的学姐们，竟然也向我祝福了起来。

我只能说，在陈威宇毕业前的那一个月，我过得很不真实，也是那一段恋爱最受人瞩目的时候。回想到这儿，我居然觉得有点心痛。阳光，很刺眼地从窗户穿过了我的身体——这阳光就好像我第一次在他家过夜，早上醒来的那一刻一样。回忆真的很残忍呢。残忍，却不想忘记——因为那是唯一一份让我还能真实地感觉到你爱过我的证据。

我又来到了放满了乐器的房间。摸了摸摆在一旁的电吉他，只能苦笑。

还记得那个时候，我们不怕被邻居屡屡投诉去练团，以及鼓起勇气跑到了北部，找到了几间专属于独立音乐表演的地方，一而再，再而三地拜托他们给我们表演的机会……从一个被观众嘘整场的乐团，到每次一表演，总是会劲爆整个场子的乐团，我们这样一路走来，是那样热血。

而我真正觉得自己活着的一刻，也是在那段时期。

第一次对生命有了热忱，对生命有了期待，对梦想——不断不断地追逐，跟着自己的伙伴们。

多好。

真的多好。

虽然我还是每次表演总会跟一两个有钱的女粉丝出去，好帮助乐团的成长……唉，好吧，现在我知道这不对了。

“佟依依说得对，就算死了，梦想还是可以继续，差别只是在于伙伴的不同而已。”有点想笑呢，我居然会觉得一个笨蛋说的话是对的。

佟依依。不知道是从什么时候开始的，我发现她对我来说好像越来越重要了，或许一开始是因为她就像一根浮木，好不容易抓住的浮木，而后来，则变成一个伙伴，就像过去FD乐团的伙伴一样，又不太一样。转身，我拿起了一旁的吉他，轻轻地弹奏着第一次我们共享的那首歌。

明明我自己也是玩音乐的，却无法像她那样，把音乐当成了记忆的暂存体，该说她厉害还是笨呢？随着吉他轻松简单的节奏，我慢慢哼着，想着。发现——我也开始跟她一样有了暂存体了，而这首歌记录的记忆，就是那一天，我们第一次成为伙伴的那天。

也是我死后第一次，觉得自己好像还有心跳的一天。

被她那样追出来抓住，我感觉到了一些不一样的感受。过去我从没有的感受。

“郭宇翔，偷偷跑来这里弹我的爱歌，是不是喜欢我啊？”她的声

音突然出现，打断了整个音乐。

我愣了愣，随即道："笨蛋就是笨蛋，整天只会痴人说梦。不是说要去休息？"

"我已经不需要睡觉了，回房间躺也睡不着，无聊死了。"

"无聊还不赶快来练团？"

"两个人也算团体？"

"错，是两个鬼也算团体。"

"哈！"

正当我们开心地要一起玩音乐的时候，一个影子站到了门口，她靠在门口轻轻敲了敲门。

"真是两小无猜啊，你们。"罗莉嘴角轻笑地说。

"什、什么两小无猜啦！"她马上激动地说。

"呵呵，打扰你们了，不过客厅外有人找。"

"外面有人找？"我一愣，有人要找我们？

"谁啊？"

"嗯……江湖人称牛牛跟马爷，嘻！"

"啊？"

我跟佟依依疑惑地走到了客厅，只见两个很酷的男人坐在客厅，高贵优雅地喝着红茶……真是不协调的诡异。

“你们是？”佟依依看着他们的打扮，似乎很惊讶。

“你们好啊！我们就是牛头马面——”牛牛用着装可爱外加装嘻哈的腔调说着。

“呃……”我们同时说不出话来。

“什么嘛，你们看起来很普通啊，啧啧，你们的事情早就传遍了冥界呢。”戴着绅士帽的马爷淡淡地说。

“呃……”

“听说你们已经恢复记忆了？可是怎么死的记忆却没恢复？”马爷又道。

我们只是一起愣愣地点点头。

“而且你们知道更有趣的是什么吗？你们的名字居然一直都没有出现在生死簿上呢！哈哈！”牛牛说道。

我真怀疑这到底有什么好笑？

而且他们真的让我很不敢相信……这真的就是牛头马面？跟我们世人所想象的形象差太多了吧！

“好吧！看来是有必要好好查查你们，先跟我们走吧！”牛牛说着，站起了身。

“咦……去哪儿？”

佟依依的表情有那么点恐惧，她赶紧把视线转向了罗莉，可罗莉只是一脸“不关我的事”的表情避开了她的视线。

“走就对了，废话真多啊你们。”马爷不耐烦地说。

“哦……”我跟佟依依互相看了一眼，点了点头，只好默默地跟上他们。

只是，他们说我们的名字没有在生死簿上这点，真的让我感到越来越奇怪……到底，是怎么回事？我甚至有个感觉，我跟佟依依变成这样，绝对不是巧合，一定有什么我不知道的环节出了错。

一定是的。瞥了她一眼，轻轻地，我牵起她的手，然后紧紧地握着。即便我们的手都是冰冷的，但我还是希望能让她感到不会出现的温暖而不害怕。她似乎被我的举动给吓了一跳，然后又继续低头往前走。

回头往屋子一看，只见罗莉一脸笑意地对着我们挥手说再见……真是……好歹也帮我们一下吧！我们可都是你收留下来的啊！

有一天，当我们走出回忆的瞬间，会突然发现——原来很多事情早已云淡风轻，只是过去我们沉醉得太深，也悲伤得太深。

Chapter 11

带着许多的惶恐与不安，我们跟着牛头马面走，第一次真正感觉自己已经死了这件事。

跟着他们走，我们好像穿越过了某些地带，来到一个鬼气阴森的地方。这里没有多少光亮，四周的景物也特别黑暗，路边的花花草草都呈现枯萎状，在这里游荡的鬼魂，眼神都相当迷茫。

“这里是……”我呆呆地问着。

“这里是真正的冥界，会待在这里徘徊的鬼魂有两种哦。”牛牛装可爱地回头说。

“一种是准备投胎的鬼，另一种则是——完全没有记忆的鬼。”

“咦？”完全没有记忆的鬼？这不是在说我们吗？

马爷推了牛牛的脑袋一下：“笨啊！你解释得太烂了！正确来说，你们知道人都有三魂七魄吧？会在这里游荡，找不到回家的路也不知道自己是谁的鬼，都是只剩下一个魂魄的鬼，其他魂魄，可能还留在死亡现场，也可能不知道附到什么小动物身上，总之就是很难再找回来就对了。”说着，他们已经带我们走到一座桥前面。

眼前的那座桥感觉是一座古老且非常潮湿的小拱桥，有许多鬼脸色难堪地走上去，也有一些是更加六神无主的鬼走回来……

“等等，照你们的说法，我跟佟依依应该就是少了三魂七魄的鬼，可是我们也没像他们那样啊！而且我们的记忆也都找回来了。”郭宇翔不怎么认同地说。

“笨啊！所以才说你们是特殊嘛！”牛牛揉了揉鼻子笑道。

“你们难道——不曾怀疑过你们可能只是灵魂出窍吗？”马爷话中有话地说。

“这怎么可能！我明明就看见我的灵堂了……”我反驳。

马爷跟牛牛一听，只是笑了笑，不再说些什么。

郭宇翔沉默了一会儿又道：“为什么带我们来这儿？”

“要你们走过去啊。”马爷指了指桥说。

“那你们呢？”我问。他们这样也太奇怪了……

“我们不能过去，从这个桥开始到对面那间酒吧，都是孟婆的地盘，你们去见她吧。”

“就这样啦！拜拜！”牛牛依然用着很装可爱的腔调说着。

然后我跟郭宇翔来不及再多问什么，他们便已经消失不见，只剩下旁边许多眼神茫然的鬼魂，飘啊飘……

忍不住地，我拉了拉他的衣袖。

“干吗？”

“嗯？没、没有啊……我们要走过去吗？这该不会就是人间说的奈何桥吧？”

他看了我的反应，摇了摇头笑了，然后把手放到我的头上摸了摸，说：“走吧！”

“咦？真、真的要……”

“你怕了？”

“谁说我怕了！我是鬼，有什么好怕的！”

“那就走啊。”

“哦……”

跟在郭宇翔后面，我努力让自己去想别的事情，这样就不会害怕了，在走到桥中间的时候，我往底下暗暗的河一看，愣住了……

郭宇翔看我停了下来，也跟着我一起看着底下的河。

“别看！拜托你！别看……快走……”我激动地推着他。

“奇怪，那个河居然有画面……”他看着那个河有点诧异。

“我就说别看了！”

来不及了，他的目光已经紧紧盯着河面，转移不了了。

我无力地叹口气，只能叹气。

是的。

那个河里显现的画面，是我刚才不小心浮现在脑海的——那天我结婚的画面。

我要结婚了。

在自己拼命地跟陈威宇讨论着婚礼的布置等等时，我还是一直不敢相信我要结婚这件事。

距离他向我求婚一年多了，这中间真的发生了很多，好几次，好几次我真的都认为我不爱他了，不再爱了，可是最后我们还是选择要继续永远走下去，这点，让我很感动。

当他那天回家后说“下个月就结婚”的时候，说真的，我脑袋真的空白了，然后接着是高兴地流泪了。

“那，结婚的主题曲你想要用什么？”我一边问一边专心地记录着，这感觉有点奇妙，一直以来都是我在帮别人这么做，如今这场婚礼是为自己而企划时，是那样不真实。

“《当你》。”他边说边把目光从笔记本电脑上移开，对我笑了笑。

我看着他的笑容，忍不住想到今天下午，奶奶才语重心长地对我说:“依依啊……结婚可不是闹着玩的，你要确定，这男人是要跟你共度一生的男人吗？往后你得忍受他给你的全部，不管是好的还是坏的，你已经有这个心理准备了吗？”

我知道，奶奶其实一直都清楚，有的时候我身上的一些伤是怎么来的，她从来不问我一句，然后就会说，今晚喝苦瓜菠萝汤吧！然后我就笑了。因为那是我最喜欢喝的汤，也是我心情不好的时候，最需要的汤。

奶奶总是这样疼我，却从来不反对我做的任何决定。

“可是结婚很少有人用这种的啊，为什么不用你对我求婚时的那一首？”我撇了撇嘴。

“因为……这是我在追你的时候，每天都在你耳边唱的啊，忘了吗？”

我一听，笑了。

一切，真的美好得让我不想去管很多事了。

不论是他的个性，还是我们之间的爱。

一个月后，到了真正婚礼的当天，我意外地竟然一点都不紧张了，就这样梳妆、打扮，直到穿上了婚纱的那一刻，我看着镜中的自己，以及站在我背后眼眶泛红的奶奶，我终于不舍地哭了……

“别哭……哭花了就难看了……”奶奶说，“以后，照顾你的人就不是奶奶了，你已经是个大人了哦，依依。”

奶奶短短的一句话，道出了最心底的不舍。我还是大哭了，然后伴娘急得跳脚，又赶快帮我补妆。

时间一到，我缓缓拉着裙摆，踏上了那片红毯。

终于轮到我自己走红毯。

奶奶牵着我，一起走。

才赫然发现，新郎居然还没有来。

眼底闪过了一丝不安，我还是微笑着慢慢先走到神父前。

5 分钟、10 分钟过去了…… 我听见后头的宾客们开始叽叽喳喳地讨论了起来，而一直站在我旁边的奶奶，则是沉默地低下了头。

深吸一口气，我抬头，看着前方的圣母玛丽亚雕像，听着，开始缓缓播放起来的《当你》。

一个小时过去了。

我仍然站在原地，神父走了，宾客们也走了，音乐也停了……只剩下奶奶，坐在椅子上，静静地看着我。

半个多小时前，伴娘紧张地跑来我耳边讲了几句悄悄话，而我的时间，好像就是从那一刻开始——静止。

你知道静止的感觉是什么吗？

我无法形容，但你就是会知道，你的时间不会动了……停了……静了……伤了。

“我刚刚打了好几个电话给他，最后是他本人接的，他要我告诉你……对不起，对不起他没有办法娶你，对不起他不是故意的，因为他……”

“因为什么？”

“因为他今天要娶的，是别人。”

奶奶一直陪着我，到天都黑了，才拍拍我的肩膀，温柔地说：“我们回家喝苦瓜菠萝汤吧。”

一直都忍住没有哭的我，在这一瞬间，几乎是崩溃地蹲在地上，大哭……大哭了起来。

“好痛哦……奶奶……好痛哦……怎么会这么痛……好痛……为什么会变成这个样子，我做错了什么？为什么非得变成这个样子？为什么……”忍太久了，忍了一整个下午的情绪瞬间崩溃，我哭到几乎要喘不过气，但还是想问——为什么？

既然你不要娶我，又为什么还要这样耍我？

还是，你从一开始，从你追我开始，都只是个玩笑呢？

你真的爱过我吗？

我一直想问的是这个，如果爱过，又为何要这样伤我？

回忆真的是种很难堪的东西。

尤其这些血淋淋的画面，我得跟别人一起再重看一次的时候。

我闭上了眼睛，轻靠在桥边，什么话也说不出来。

亲眼再看了一次，果然还是很痛啊。

郭宇翔转过头瞥了我一眼，然后什么也不说，就直接走过来紧紧地抱住了我。

紧紧地抱住。

就好像那一天，我真的需要人这么紧紧抱住我一样。

“哈……好奇怪哦……我好像听见你的心跳声了啊。”

“在傻什么？怎么可能还有心跳？”

“对哦……”

过了好一会儿他才轻轻地松开手。

我们就这样有点不自然地傻笑了一下。

“呃……走吧，不是说孟婆要找我们？好像在这桥上逗留太久了。”我吐吐舌头说。

“嗯，对啊。”

郭宇翔，谢谢你。

真的好奇怪啊你，你才出现没多久，我不知道已经在心底谢你多少次了。可是啊，我永远都不会亲口告诉你的，因为，我知道这不只是“谢谢你”3个字这么简单的情绪而已，我知道的。

情绪，有一点复杂。

尤其是刚刚看到了佟依依婚礼上被人放鸽子的画面，还有她在旁边说的一些话……

才知道，过去我总是利用别人的感情这件事情有多么蠢。

刚刚佟依依说，她一直想要问对方到底有没有爱过她。

——过去，我也曾经被无数个女孩子这么问过，当她们不再有利用的价值，或是已经达到我想要的目的，被我甩到一边的时候，十个有九个都会这么问我。

而我给她们一贯无情的回答则是："都已经结束了，为什么你还要执着这么愚蠢的问题？不管我的回答是什么，结果一样不会改变不是？"

我一直不懂，她们为什么像是约好似的，每个人都喜欢这么问。

可是刚刚，我懂了，好像懂了。

因为这一个回答对她们来说很重要吧，想要证明自己不是愚蠢的，想要证明过去自己的付出不是单向的，也只有得到这么一个答案，才能够不再有遗憾地——放下。

走在她后面，我看着她那看似坚强，却一点都不坚强的背影——才发现，她带给我的改变，比我想象的还要多。

"喂，那你的家人呢？怎么只有一个奶奶？"我跟上前问。

"嗯？你说父母啊？都过世啦，我一直都是跟奶奶长大的。"她微微一笑地说，"只是，很对不起奶奶的是，我留下她一个人了。"我微微的笑容里，有一点苦苦的感觉。

正当我要再说些什么时，我跟她同时被这间酒吧挂着的招牌给怔住了。

选择忘记之前，是悲痛的离去；选择忆起之前，是盼能回到过去。

“这就是……孟婆的酒吧？”

“多写实的一句话啊。”我说。

我轻轻推开了门，看见里面许许多多的面孔，就好像真的喝醉一般恍惚着，每个人的表情都是那样惨白，没有任何情绪的眼神，就像是失去了什么一般。

“哎呀，你们终于来啦。坐啊坐啊！”

出现在吧台里的，是一名看起来非常年轻貌美，且还身穿黑色绣花旗袍的女人，她的头发还用玉簪子盘着，添了几分古典美。

“你是……”佟依依看傻眼地说。

“我就是人们俗称的孟婆，不过我一点也不老，你们叫我孟姐就可以了，呵呵！”

“呃……呵呵。”我干笑着，是看起来不老吧……既然是孟婆的话，好说也死了有几百年了吧。

“所以，你找我们到底有什么事？还有……刚刚奈何桥下面的河，怎么会……”

“怎么会出现你脑海想的事情对吧？呵呵，这里可是冥界，发生任何事情都不奇怪吧。”

孟婆利落地调了两杯看起来很可口的酒摆在我们面前，又道：“找你们没什么大事，话家常而已。”

“啊？”佟依依愣了愣，“真的觉得好不可思议，好像正在跟古人讲话似的……”

“扑哧……”我忍不住笑了出来，她的反应怎么都这么出人意料啊。

“哈哈！难怪罗莉会收留你们，光是在一旁听你们说话，就很有趣了。”

“孟姐你认识罗莉？”我问。

“这不重要，重要的是——你们真的接受了自己的死亡了吗？”孟婆手托着下巴，让人捉摸不定的眼神，打量着我们。

我点了点头，佟依依也是。不接受又能怎样，这不就是事实？

“啧啧——你们都没想过，巧合有的时候，不只是巧合吗？”

“你到底想说什么？”我蹙眉，有点讨厌她这种话中有话的感觉。

“好好想想吧，为什么你们突然死了又没了记忆，然后记忆又突然回来了，且生死簿上独独少了你们的名字。”

“我觉得我们不用想，因为你看起来好像什么都知道？”我挑眉。人我看多了，尤其是女人。

“呵呵，太聪明不好呢，会惹祸的哦。”

佟依依抿了抿唇，站起身道："我们知道了，会好好想一想的，先这样哦！拜拜！"

说着，她便拉着我急忙逃出酒吧外，并完全没有看路地跑了起来。

"喂，你干吗？停！先停一下！你拉着我走错路了！"我吼道。

"咦？真的假的……"

"真的。"

她一脸闯了大祸的表情看着我，然后又看了看四周非常诡异的地方，这里真的就像人家说的那种民间流行的某种法术的画面。

"那我们怎么办……我只是觉得很不安，刚刚直觉告诉我要快点逃跑的。"

"我现在的直觉也告诉我应该要揍你一顿比较好。"

"唉！我刚也是为了咱们好哇！"

"我现在也是为了咱们好要揍你，老毛病犯啦？不用大脑思考是吗？"

"对不起……"

"算了，往那个森林走吧，你不觉得那些飘荡的鬼魂越来越多，还离我们越来越近了吗？"

边往森林走，她边说："郭宇翔……如果我们的名字没有在生死簿上面，你说，会不会这只是梦啊？一个很长的梦。"

找到了一棵树，我们坐下，虽然森林感觉更加阴森，不过至少那些鬼魂不至于飘进来——不过这里到底是哪里啊?

“就算是梦，我不希望醒来，我觉得现在这样很好。”我抿抿唇说。

“为什么？你不是还想要追你的梦想吗？”

瞥了她一眼，我不想说出原因，不想。

因为如果真像她说的，在这里的一切只是场梦，那梦醒了之后呢?她会在哪儿？我怕连佟依依的存在也都只是梦的一部分。

我怕我的这些改变，醒来之后又是一场空，另一种的空。

我不希望好不容易适应的一切，又像在要人般把我带回去。

这样就太扯了，真的太扯。

“啊啊啊……这里到底是哪儿……我有点害怕。”

“你不是一直都很害怕？”

“我哪有？”

“有。”

“你才害怕吧！刚刚还说，‘你不觉得那些飘荡的鬼魂越来越多’，这好可怕哦！”

她故意用很夸张的语气模仿着我。

“我并没有，请不要扭曲别人的语气。”

“别死不承认了，你刚刚就是这样。”

“再吵，我就亲你。”

忽然，不知道是不是这里太黑太暗太安静，我们同时愣了愣，看着对方，奇怪，我又不是第一次开这种玩笑……

“那，亲我，就是喜欢我喽？”

我一听，顿了顿才故意笑得很开心地说：“怎么可能？我开玩笑的好不好。”

“哦……也对啊，开玩笑的。”

“嗯，开玩笑的。”

莫名的尴尬，以及另一种莫名的情绪，好像渗进了周围的空气里，我们沉默，第一次不知道该用什么眼神看对方。

睡觉吧，我说。

虽然很久没睡，睡一觉也许就好了。

一直不懂不了解，爱情到了最后好像都只剩一个伤，仿佛过去的美丽，不过只是场幻想。如果是这样，那我希望，我跟你之间不要这样，不要。所以，我们这样就好。

Chapter 12

天空，微微亮了，那亮的光芒只能在森林的外面闪烁，好像这片森林阻绝了那些光芒似的。

原来冥界也是有阳光的。

只是虽然有阳光，这里给人的一切还是很模糊。

画面模糊，触感也模糊，除了——靠在我的肩膀上睡着的佟依依很真实之外。

看着她这样沉沉睡着的模样，除了没有起伏的呼吸之外，怎么这一瞬间的感觉，这么不一样？

如果我还有心跳，现在的心跳，是加速的吗？

难道我真的喜欢她?

不可能。

一直以来我不是从来没对谁真心过? 除了琪拉，除了乐团的大家。

因为，琪拉是唯一对我最真实的人，她不像外面那些女生，只是一时迷恋我的外表或是我在舞台上的样子，她懂我，她一直是最懂我的人。所以很多时候，她连问都不问，都会自动帮我处理那些已经被我利用完的女生，虽然她也常常告诉我不要这样惹麻烦。

但为什么一个才在我的世界里出现没多久的佟依依，会让我有了跟琪拉以及那些女生不同的感觉，以前从没有过的感觉?

——单纯快乐的感觉。

以及，她让我明白，过去那些追着我跑的女孩儿们，其实也是用她们的真心真意在喜欢我。

或许爱情被拿来利用，真的是很缺德的一件事。

我也许错了，不，我错了。

我承认了那些我生前犯的错误，也原谅了我那夸张的父母。

是因为已经死了，所以不在乎了吗? 我想不单单是这样。

森林里，传来了清晨小鸟的叫声。

"或许，死了真的没什么不好的。"我自言自语。

"谁说的，如果你没死，你就能继续你的乐团了。"忽然，靠在我肩膀上的佟依依说话了。

她轻轻睁开眼，伸了个懒腰，揉揉眼睛说："睡觉真的好无聊哦，以前活着的时候都会做一些有趣的梦，现在好像都不会了。"

"是啊，现在好像没办法再做梦了。"

"而且，再也见不到奶奶了。"她淡淡地说着，然后抿了抿唇，她虽然没哭，可是我却替她感到难过，我知道她是在忍着不哭。

"你跟奶奶的感情一定很好。"

"谁说的？从小我都是被吊起来打的好不好，因为我很顽皮，哈！"

"还吊起来打……"

"真的啦！最常出现的就是奶奶拿着竹棍追着我满街打，哈哈……现在想起来那画面真有趣！"

我摸了摸她的头："才发现你是个很别扭的人，明明这些话讲出来会让你自己想哭，却还是故作轻松地讲。没必要把自己搞得这么累吧？都死了，就轻松一点吧。"

"郭宇翔……"她怔怔地看着我，眼眶稍微红了一点，随即又有了笑容，"我们赶快找到路出去吧！今天出去好好玩一下！"她提议。

"玩？玩什么？先说好，我不跟你玩什么跳楼的哦。"

"哈哈哈！知道啦！"她拉着我的手，小心翼翼地出了森林。

果然，外头世界的天亮了，这里也变得稍微亮了起来，我们找到昨天来的路，并又过了一次那个奈何桥，这一次我们都很有默契地不低头去看河面。

沿着昨天的记忆走，我看着周围的景色诡异地变化着，没一会儿，我们已经又回到了人类的世界。

“郭宇翔，你该不会还在想昨天生死簿的事吧？吼！你都死了，让你的大脑好好休息行不行？”

“我又不像某人，生前死后大脑都没用过。”

“喂！拜托我以前工作的时候可是每天消耗着我大量的脑细胞啊！”

“看得出来，辛苦喽！”

“你这什么态度？”

“没什么态度啊。”

“可恶！”

“喂，说真的，是要去哪里玩啊？”我们是鬼，还能玩什么？

“我们去游乐园！好不好？”她漾着一脸孩子般的笑容，说着。

“呵呵。”

说真的，要我把现在的她，跟过去她是婚礼企划师的形象连在一起，真的很不容易，因为婚礼企划师给人的感觉就是那种稳重的，哪像她这样，还这么爱玩。

不过，或许就是有一颗赤子之心，才能成功策划出一个完美并浪漫的婚礼会场吧……

我被她拉着，肆无忌惮地在街上边奔跑边大笑着，就算街上很多路人，可是没有人看得见我们，不管怎么跑，都不会撞到人。

一路上她甚至还一直对着路人做一些小小的恶作剧，搞不懂，她怎么会突然这么开心。

“郭宇翔，快一点啦！”

“喂，你干吗这么 high 啊？”

“你不知道，当脑海有越多不开心的事情的时候，就越是要做一些开心一点的事哦！”

“所以你现在不开心？”

“谁说的？很开心啊，看！”说着，她便偷偷地把路人正在喝的饮料给打翻，那人吓了一跳，她哈哈地笑了，我也是。

从没想过我也会有这么幼稚的一天，真的。

拉着郭宇翔，我们偷偷搭上了一辆北上的汽车，跟着里头的小夫妻待在汽车里，听着人家谈情说爱怪不好意思的，不过我们还是偷偷地笑着。

“喂，到底是要去哪里啊？别跟我说你想要去剑湖山。”

“拜托！你是不是年轻人啊？往这个方向当然是去义大世界啦！你不会不知道吧？”我用一脸欠揍的表情说着。

“我知道。”他马上板下了脸，往窗外看着。

“别发呆哦！等会儿我们要跳车了。”

“啊？”

“怕什么，我们是鬼哦，就是直接跳出去滚个几圈被其他的车轧个几遍都不会有事的啦！”当鬼，真爽！

我这么觉得！就好像自己已经可以在这个世界为所欲为，然后别人都看不到我一样。

“不是吧你……”

“我说这位郭先生，某人不是某天还很得意地把我带去高楼从上面跳下来，啊！还哈哈地笑我呢！怎么？跳楼可以，跳车就不行啦？”

“佟依依，你知不知道有的时候你很欠揍？”

“我知道，你常说的嘛。哈哈！”

“幼稚！”

“彼此彼此！好！别废话了，我们要走过头了，这里一定要换车！”

说着，我就直接把他推出车门，只见我们的身体就这样缓缓地穿越了车门，然后像是动作片般，被放慢了动作似的滚到马路上，接着真如我所说，在这快车道上，我们还被几辆大车小车穿过！也因为这样，让我们差点刹不住！

就在这时，我瞄准了另一辆要准备往义大去的车，用力拉了郭宇翔一把，直接又跳进了那辆车里！

“哎……我说，都当鬼了竟然还不能飞，这算什么嘛！”我觉得有点累地抱怨着。

然后瞥了他一眼，只见他的脸变得很是惨白，正恶狠狠地瞪着我。

“欸！又不是我杀你的，这么瞪我干吗？”

“如果我活着，刚刚我已经被你杀了好几遍了！”他吼道。由于太激动了，导致这辆小客车上的收音机，诡异地发出了奇怪的声音。

开车的中年男子愣了愣，冷静地把广播给关掉，若无其事地继续开车。

“冷静一点，别吓到人好不好。不过，原来鬼生气，真的会影响人类周遭的日常物品啊！好新鲜好新鲜！”我扑哧笑着说，看他那气炸的表情，我简直要笑翻了！

哈哈！

真的好好玩。

要我说，我真不相信他以前能骗那么多女生。

此时，小客车缓缓地上了山，在山上，我们看见了那些山林里有着跟我们类似，但并不完全一样的鬼魂。

就像一般人一样，到处走动，抑或飘荡着。

“奇怪，他们一点都不可怕嘛。”

“因为你现在也是鬼啊。”

“啊！”

没一会儿，已经可以看到义大世界那 77 层楼高的摩天轮！

“好！到了到了！”

“你是没来过游乐园哦，看你像个小孩儿似的。”

“啧啧！来游乐园就是要有这种态度，那么正经干吗？”跳了车，我站在义大世界的门口，想起了当这个游乐园开始兴建时，陈威宇曾说过，等建好了要一起来的。

抿抿唇，我知道，我已经死了，而跟我一起来的家伙，名字叫郭宇翔，不是陈威宇。

“走走！第一站先去看那个四维游戏！出发！”我吆喝着，他则摇头笑了笑，一脸受不了的样子。

我不知道这感觉像什么，但是，好像自从跟陈威宇在一起之后，我就没有这么自然这么开心过。

对，我懂的。

跟他刚在一起的快乐，都从我们第一次的吵架，他第一次的摔东西后开始变了质。

往后他只要一不高兴就摔东西，那一次他还砸碎了玻璃，直接溅到了我身上，明明我从那一刻就知道自己已经不敢再爱这个人了，为什么他一对我好，我又忘记了当时的恐惧了呢?

我还那么天真地想要嫁给他，到底那个时候的我在愚蠢什么呢?

每天假装自己很快乐，假装自己真的很爱他。

真的好盲目。

等到现在我已经死了才真正看清楚自己的盲目，会不会太迟?

郭宇翔不知何时已经拉着我偷偷跳上了名为“天旋地转”的游乐设施，三百六十度的旋转让我忍不住尖叫起来!

“啊啊——”

忽然，或许是因为我太激动的关系，导致游乐设施忽然出现故障，我们跟其他的游客都被卡在半空中，接近倒立的状态!

“咦咦!怎么会这样!怎么不动了!”

“白痴!谁叫你情绪这么激动!刚刚跳车不是都不怕了吗?你这次尖叫什么啊!”郭宇翔吼道，看着周围的游客个个都很害怕地尖叫着，就连下面也渐渐围起了人群，惊恐着。

“怎么办……”

“先跳下去吧!真是!”我们就这样直接坠落到地面，然后抬起头看游客们还在惊慌的模样，这里，已经瞬间陷入了恐慌。

“对不起哦……各位……不是我害的哦!是游乐设施的问题啦!”我小声道歉着。

“就是你害的!”说着，他一拳打在我的头上。

“走吧!先离开再说!”

我们到了二楼去玩别的，后来听说，那些游客被困在上面整整半小时才得以回到地面，每个人都吓得不得了，还闹上了媒体……我吐吐舌头，那真的不关我的事哦！

就这样我们在那里面玩了一整天，虽然没什么刺激的游乐设施，可是跟郭宇翔这样幼稚地打闹，就特别开心。

最后一站，我望向了摩天轮。

“就知道你最想玩的是这个，走吧！”他拉着我的手，我们直接穿越了好多人，跳进了一个刚好是空的包厢里面。

刚好是傍晚时分，这里的夕阳很美。

尤其是对面像皇宫似的饭店，已经开始闪烁起金色的灯，好美。

“别再大吼大叫了哦！要不然连摩天轮都出现故障，这家游乐园一定会被你害垮。”

“知道了啦！啰唆。”

“你说什么？”

“没。”

随着摩天轮缓慢地升高，我忍不住瞥了眼坐在对面的他，莫名地看着出神。

直到他与我四目交接，我才赶快地转移视线。

“喂，你干吗一直盯着我看？”

“我哪有？”

“明明就有。”

“我、我是在想啊，今天这样好像约会哦，呵呵……”

“是啊，好像。”他浅浅一笑，然后继续看着外面。

我还以为他会回答我“哪里像，你不会是喜欢我吧”之类的话……

之后，我们就一直无话，各自看着夕阳，以及渐渐变黑的夜空。

一天下来，那个不清楚的感觉，好像也渐渐清楚了。

可是，可是我们已经死了啊。

哪有人死了才……

“真烦。”我喃喃自语。

“烦什么？”

“没事啦！”

“我们是伙伴吧？既然是就说。”

“奇怪哦，人都会有秘密的好吗？”

“很抱歉你现在是鬼。”

“啊！”

“说不说？”他像是玩上瘾了，继续追问，好像这样追问我很好玩一样。

“不——说！”接着，刚好快到了地面，我直接跳了出去，没想到他又追了上来。

我跑。

他追。

忍不住，我笑了。我继续奔跑着，加快了速度，与他拉开了距离。

忽然，我停下，转过头看着渐渐跑近我的他，连我自己也不知道自己在干什么，我大喊：“郭宇翔——我好像喜欢你！”

然后，他在那一瞬间怔住了，没有再往前。

我则莫名地紧张地看着他，也诧异我自己怎么会说出这种话……

那么他呢？

过了好一会儿，他才慢慢走到我旁边道：“搭车回别墅去吧。”说着便摸了摸我的头。

而我也假装刚刚什么事也没发生地点了点头。

他没回答我。

那是什么意思？拒绝？

“郭宇翔……”

“嗯？”

“刚刚……”

“傻瓜……”他温柔一笑。而我却猜不透那是什么意思。

傻瓜？傻瓜什么？意思是我笨到喜欢他？

我不懂……郭宇翔，我真的不懂。我知道自己是脱口而出的，可是，如果那是拒绝，也太肤浅了。

别把我当成跟那些曾经倒追你的女孩儿一样好吗？

我能喜欢你，简直是个奇迹哦。因为，我居然死了才真正爱上一个人。没有任何强迫，只是很自然，爱上跟一个家伙相处时的单纯简单，以及那干干净净的快乐。

就算我死了，可是，我还是有为了谁而心跳的权利。

咔嚓——

我推开房门，面对我的是一片安静。也对，上校平常就不是个聒噪鬼，这阵子会觉得吵，大概是因为多了佟依依跟郭宇翔那两个小鬼的缘故。

我习惯性地来到了屋顶，想着那两个小鬼昨天被带去孟婆那儿，然后就不见了，想也知道他们去干什么了，肯定早就离开那里了。

“不会是约会去了吧？呵呵……”约会啊，这个名词对我来说可是从来没有过，毕竟我很小就死了呀。

只是明明当初很不看好他们两个家伙的，现在还真的很快乐地在一起了，真是有种莫名的失落感啊。

“别太失落，他们还没在一起。”再熟悉不过的声音，不知何时突然出现在我后面。

那老头儿。

啧啧，讨人厌的那老头儿真的非常阴魂不散哦！而且还擅自跑来我最喜欢的老地方！

“嗯。”

“所以你别想要——”

“老头儿！你说过的话这么快就忘了？只要结局是你说的那样，过程怎样有关系吗？现在还只是个过程哦！”

“呵呵，是没关系，只不过——果然是没谈过恋爱的小孩儿才会说出这种话啊，不，是没谈过恋爱的老处女！哈哈哈！”他不忘多调侃我几句。

“死老头儿，别逼我。”我皮笑肉不笑地说。

“哈！好啦不闹你了，不过时间差不多喽，这样你这里又要变安静了呢。”

“那又如何？”

“没，我看你好像还蛮喜欢佟依依那孩子的。”

“你想太多了。”

“是我想太多，可是你们上校可就坦率多喽，他刚刚已经跟我承认，他还蛮喜欢那孩子的呢。”

我深吸了一大口气，才努力克制自己说：“我说臭老头儿，你今天来的目的不就是告诉我时间差不多了？说完了你可以滚了吧？需要我直接从这里把你踹下去吗？”

“呵呵，果然是不得人疼的小孩儿啊。”说着，他已经躲过我的踢击，迅速且敏捷地从屋顶上跳下去。

“反正孟姐疼我就好，你就滚到一边去死最好！”害我忍不住破口大骂了起来，果然是活了几千年都还是一样痞的痞子！搞不懂孟姐到底喜欢上他什么了！

一把他赶走，我又莫名地叹了口气。

怎么时间过得那么快啊。

一下子就……不过，事情有没有如我们所想的那样发展，就不知道了，是啊，不知道了。

但是，我得承认，即便这段时间跟他们那两个臭小鬼没什么交集，我这空了很久的别墅，第一次，这么热闹过。

每天总是有吵吵闹闹的声音，连欢笑声都会不断地回荡似的。

想到这份热闹可能就要从我这儿消失了，就有点莫名地不舍。

“拜托……不过就是两个臭小鬼，哪来的不舍？”

但，我还是很感动，谢谢他们，把这里当成了自己的家一般对待。

嘴角，轻轻上扬。

今天的夕阳还真的，特别美。

如果说后来还后悔什么，就是那一天，忘了真正地、认真地说出自己最最深藏的心情。还记得吗？曾经唱过的，“如果梦永远不醒来”这句话？

Chapter 13

玩了一整天，当我们回到别墅时，莫名地，我忽然想到我们好久没有一起合奏一曲了。

对啊，明明才几天的时间没有一起进去那个音乐间里，怎么我却觉得过了好久呢?

瞥了眼郭宇翔，我知道，他还在闪躲我的眼神，从我脱口而出那句话之后他就一直这样。

“喂！我想唱那首歌，我们来合奏一曲吧！”

“啊？哪首？”

“就那首啊！《小小的恋爱之歌》！”

这下子，他终于肯正视我的眼神了。

轻轻一笑："好啊。"

看着他的侧脸，我忍住了还想继续说的话。我想我就是这么不讨人喜欢吧，明知道人家可能是不想直接拒绝我，才这样……我却还是想要打破沙锅得到一个明确的答案。

满心复杂的我跟着他一起走进了音乐间。

当他拿起吉他，准备弹奏之际，我开口："郭宇翔！你现在还会觉得死了很好吗？跟我一起当伙伴很好吗？"

他一听，摇摇头笑了："你在说什么啊，这是当然的啊……因为……"说着，他的手在吉他上弹了个前奏。

在音乐声中，我隐约听见他继续说："我想说的，都在这首歌里了，你不是懂日文吗？"

像是条件反射般，我跟着唱了起来。

越唱，我发现我竟然跟着笑了。

这笑，不再是因为想起了生前的那些记忆而笑，而是为了我们每一次合奏这首歌的每一个画面而笑，为这歌词而笑。

夢ならば覚めないで　夢ならば覚めないで

あなたと過ごした時　永遠の星となる

ほら　あなたにとって　大事な人ほど　すぐそばにいるの

ただ　あなたにだけ届いて欲しい　響け恋の歌

ほら　ほら　ほら　響け恋の歌

(《小さな恋のうた》MONGOL800)

郭宇翔，我可以吗？可以把我想说的话，当作是你说的，你也喜欢我吗？可以吗？

我们这一天，不停地歌唱，不停地大笑，直到我们都累了，累到唱不下去也弹不下去了，终于——好久没有感受到的睡意，就这样侵蚀了我们。

我们一起在这音乐间里睡着了。

在梦里，我梦见了他亲我的画面，也梦见了我们在这死后的国度里，一直一直开心地在一起，真好。

因为我知道，这不单只是梦。

咔嚓。

条件反射般，我按掉了闹钟，熟悉又刺眼的阳光，照例整片洒在我的床上，而我还不想起来，继续赖在床上——反正闹钟是有贪睡设定功能的，等会儿还会再叫。

轻蹙了下眉。

我缓缓地睁开眼。

终于，发现到什么事不对了，都不对了……

我傻傻地坐起身，看着。

“这里是……我家！”

冲出了房间，我看见奶奶习惯性地在家门口做着体操……

心跳，越来越快，越来越快！快得我都快要没办法呼吸了！

等等，心跳？

我手颤抖地慢慢摸向自己的左胸，很慢很慢，但在碰到的瞬间，那再熟悉不过的跳动，几乎让我崩溃……

“这是梦吧……这一定是梦……这是梦……我不是……我不是死了吗？”我激动地大喊！忍住让自己的眼泪不要流下来，我努力忍住。

哭了，就代表什么都真了，如果是梦，那为什么要哭？对，这一定是梦！

此时，门外的奶奶像是听见了我大吼大叫的声音，缓缓地走了进来。

“依依……怎么啦？是不是做噩梦了？”奶奶熟悉的声音，熟悉的关心，却让我当下愣住了。

我还是哭了。因为奶奶轻轻地抱住了我，这拥抱，我几乎都要忘了有多温暖。老天啊……你这是在干什么呢？你真的让我……快要分不清哪一边才是梦了……

“奶奶，今天几号？”我问。

“傻依依，你做个噩梦就什么都忘啦？你不是跟朋友约了今天晚上要出去过圣诞的吗？”奶奶慈祥地笑着。

“圣诞节？”

我愣愣地一步步走回房间。愣愣地，愣愣地，打开了手机，翻阅了联系记录……

“这不是真的……这不是真的……”我发现自己连嘴角都在颤抖了。

这一定是梦，一定是的，我的的确确死了，我还在冥界在罗莉那里住了那么长一段日子！怎么可能有梦是做那么长的，而醒来却只过了一夜？荒谬！我刚刚……我前一晚不是还跟郭宇翔一起在音乐间睡着了吗？我还记得我睡着的时候还做了梦！

“不是真的，绝对不是。”

再睡一觉，再睡一觉就会好的，我这么告诉自己。然后很快地躺回了床上，努力闭上眼睛让自己再度入睡。只要我再醒来，就会从这个梦里醒来了，没有错的！没有错！

不知道这一觉到底睡了多久。

只知道我最后是被人摇醒的，而张开眼的瞬间，我看见的脸，是奶奶的脸。

“依依啊，怎么又睡着了？起来吃午饭喽。”

我只是轻轻地点点头，在奶奶离开我房间的瞬间，我感觉到，有某样东西正在慢慢地崩坍。慢慢地提醒着我，好像这一切是真的。

“搞什么，搞什么啊……把我当成什么了！这样耍我，好玩吗？我问你，好玩吗？你以为我真的相信昨天以前的一切都是场梦吗？你以为我信吗？”

到底……到底哪边才是梦，哪边才是现实，我自己都快分不清楚了！怎么，你的目的就是看我疯是不是？神啊？我说神，你就是想看我疯嘛！

过了好久，我才慢慢地平复那激动的心情，走出了房间来到饭厅，奶奶跟往常一样，煮了我最喜欢吃的菜。自从我在婚礼被人放鸽子，我搬离在市区租的房子，回到奶奶这儿之后，她每天都对我异常好，我知道，她是怕我想不开。

“依依啊，今天是圣诞节，开心一点嘛，晚上你不是还要跟人出去？”奶奶再一次地提醒着我。

等等，跟人出去？对了……我想起来陈威宇好像是今晚约我要跟我说一些事情的。而——我好像也记得郭宇翔说过，琪拉跟他告白，他也是今天要给她回复……

“不会吧……”

“怎么了？”

“奶奶，对不起！午餐我不吃了！晚一点我会回来把它吃完，我现在要出去！”说着我赶紧换了衣服，拿了包包就冲出家门。

我怎么这么笨呢?

要证明这里到底是不是梦，只要再回别墅，再去找郭宇翔不就得了？什么问题都解决了……如果这里真的是现实的话，至少也让我再见他一面吧！至少让我问问，他记不记得我们在冥界的时候……

我奔跑，即便好久没这么喘了，我还是跑，即便这可以呼吸的感觉真的好久没体会到了，我还是什么都不管，跑！跑！那短短的一段日子，仿佛如跑马灯般跟着在我的脑海里快转，快转着……我想起了那一天，第一次认识上校，第一次去那个别墅，第一次看见了罗莉，还有他……还有我第一次听见他弹《当你》，第一次……太多了。甚至昨天明明我们才一起出去玩了一整天，那记忆，仿佛已经变得离我好远好远……

“怎么会这样……”眼泪不受控制地流淌。

我不再像之前那样，怎么跑都撞不到人了，一路上我撞到了好几个路人，汽车的喇叭一直猛按，不得已还得等红绿灯……

这些事情，我没有办法习惯，那不是我生前的事情吗？我不是死了吗?

忍不住，我边跑边歇斯底里地大吼大叫了起来，许多路人不断地对我投射着异样的眼光。

不知道为什么，我停下了脚步，或许真的是太喘太累了，弯着身子，我突然好想大声地喊一个人的名字：“他妈的郭宇翔你在哪里？说好了是伙伴的！别丢下我啦——”哽咽着，忍着那些异样眼光，我深吸了一大口气，继续跑。

别丢下我一个人。

别。

我不要这样。

我们说好的……

我还想听你亲口承认——你喜欢我！

你——还——没——有——说！

终于……

以为我会找不到的，因为那间别墅、那片小森林根本不可能存在于我生存的都市，而这里是现实，我真的以为我找不到的……或许是奇迹吧。

当我一直专心地奔跑，奔跑再奔跑，等到我回过神时，我已经站在别墅前了。

喘着气，我下意识地摸着胸口，心还在跳。

轻轻地推开了门口的铁门，前院并没有该有的小花园，而是一片荒芜，明知道这样不对了，我还是继续往前，推开的大门发出了“咔嚓”的声音。

吸吸鼻子，我忍着不想再哭了。

但是眼睛里却一直不断地起雾。

那段日子的点滴，一幕幕与眼前的一切交叠。

回忆里，别墅应该是没有任何残缺不全的，但眼前，这里却是破破烂烂的，仿佛没踩好，脚就会踏穿地板似的。

“郭宇翔！罗莉！上校！喂！喂！喂……”

没有人回应我，空洞得连回音都传不过来，这里显然就是一间废弃了很久、简直跟鬼屋没两样的地方，连阳光都照不进来，我不死心地往上走，一个阶梯一个阶梯地小心着走，楼梯有好几级都空缺了，我还是不想放弃。

直到我走到了那间属于我们的音乐间，直到我打开了门，看见里面空荡荡的瞬间，我还是号啕大哭了起来……

“怎么会这样……明明昨天还睡在这里的,是梦吧……谁来告诉我，我现在活着只是梦……”

好可笑哦，一开始自己死的时候，还不想接受死亡，不甘愿放弃生前的一切，怎么现在我活了，却只希望这心跳只是个梦？哭了多久，我不知道。只知道后来，我睁着红肿的双眼，小心翼翼地爬上了那坑坑洼洼的屋顶上，坐到了曾经有好几次我都来这里坐的那个位子。我看着逐渐西落的太阳，觉得一身疲惫。

“啊……罗莉……你在吗？我坐了你的老地方哦,快来凶我吧……”自言自语，可笑的我现在只能自言自语。

“上校，我也来根雪茄吧……”天渐渐地黑了，我起身准备离开，就在我慢慢地要爬下屋顶时，一阵熟悉的雪茄味飘散而来……我抬头看着刚刚我坐的那位子上，摆着一根雪茄。

愣住了。

“上校……”

不是梦。

不是梦！

不管哪一边，都不是梦！

“上校！”我又冲上去拿起那根雪茄，从原本的发愣，变成兴奋！

“所以……所以……对了！他今天要回复琪拉的！在哪里？会在哪里？”我要阻止他！怎么可以丢下我，我一定要阻止他！我将雪茄放回原地，喊道：“上校！谢谢你！”就在我准备奔跑之时，手机的铃声打断了我，一看来电显示，我犹豫了一下才接起：“喂？”

“依依，需要我去你家接你吗？”电话那头的陈威宇问。

声音一样的温柔，可是我没失忆，再温柔，他也已经是个已婚的男人了，一个已婚的前男友。

“你想要跟我说什么？我们电话里说不行吗？”

“你怎么了……依依？怎么突然……是不是发生什么事了？你还好吗？”

该死的，我竟然会因为此时一个人的关心而落泪。我紧咬着下唇。

而且还是我最不想看到的人。

“我……”

“你在哪里？”

睁开眼，在睁开眼的那一瞬间，感受我的大脑传递的任何一个画面与感官，我就知道——不对了！我爬起身，自己竟然在跟琪拉他们一起住的那间房子里，躺在我那间房间，桌上还摆着一包烟。

抹了把脸，我深吸一口气，回想这到底是怎么一回事。昨天——不是才跟佟依依一起在音乐间睡着了吗？所以，现在是梦？才发现我似乎睡得满身大汗，汗？不好的预感，我摸了摸自己的脉搏，感觉到它正一下一下地跳着，非常规律……

“不是吧。”

砰砰砰！

“郭宇翔！给我死起来了！”琪拉再熟悉不过的morning call传来。

“哦……”我只是愣愣地回应，还不习惯这一切到底是怎么回事，这里是梦？是梦吗？还是……昨天以前的那一段日子才是梦？

我拿起摆在桌上的手机，光是未接来电就有三十几个，我跳过不看，直接看了手机上的日期。

“圣诞节……”

“快一点啦！今晚圣诞节的特别演出还要再排练啊！你再睡，老娘我就踹烂你的门！”

琪拉大吼大叫的个性依然没变。只不过如果今天是圣诞节……那么，昨晚她应该才刚跟我告白完吧……

“啧啧！”我有点混乱了，真的。

两边都太真实，一下子是一醒来我已经死了，一下子是一醒来我又活了，这到底是怎么回事？

“佟依依……”

那家伙呢？

“砰”的一声！

我亲眼看见我的房门被琪拉给用力踹开！

她火冒三丈地瞪着我：“你既然已经醒了，不会应声是不是？一定要老娘这么粗鲁吗？”

“哦……”

“算了，你他妈的快点准备准备，下午还要去体育馆那里彩排呢！”

对哦，今天晚上有一场在体育馆的演出——那是我们期待好久的、真正的第一场大型的演出，听说某家知名的唱片公司想要签下我们，就看我们今晚的这场表演了。而琪拉，好像是叫我演出完之后给她答案的。

“到底是怎么回事？”我觉得现在这里的一切都太真实、也太久违

了，难道我真的只是做了个很长的梦？

那么佟依依呢？那幢别墅呢？罗莉跟上校呢？他们只是我梦里的幻觉吗？慢慢地，我走下了二楼的练团室，看见大家，每一个人，都对我笑了笑。

“就等你了，贪睡虫，先赶快再排练一下吧！”光耀说。

他们看得见我了……我愣愣地拿起电吉他，愣愣地看着琪拉说今天的暖身曲就来首《小小的恋爱之歌》，在小猫的鼓棒敲击了三下之后，我条件反射地开始弹奏这音乐。

这首——昨晚明明是我跟佟依依一起在合奏的那首歌。熟悉的每一个片段、每一个场景都在我的脑海里，随着琪拉唱着，随着音乐飘舞着，我发现我好像鼻酸了，不让任何人发现的鼻酸。不是梦。我敢肯定，昨天以前的一切，绝对不是梦。因为，我在这首歌里又一次重温了一遍，我喜欢佟依依的每一个原因。突然，我停下了弹奏，大家都吓了一跳地看着我。

“宇翔，怎么了？”小猫愣愣地问。

“抱歉，各位，真的很抱歉！晚上的正式演出我一定会赶到！但是现在——我有一件非做不可的事情！”

以为这个时候会听见琪拉大声骂我，可是她没有，她跟大家一样，难得地露出了诧异的眼神，像是我已经不是他们所认识的那个郭宇翔。

也许吧。也许真的不是了。不管这里到底是不是梦，但我真的不是他们所认识的那个人了，没错！

说完，我转身就跑，就冲。我得去一个地方，我得去找她！去她家！

如果梦醒了，你还会记得我吗？你还会记得我们曾经一起寻找的记忆踪迹吗？你还会跟我说——一起让这场梦继续下去吗？

Chapter 14

这会是场梦吗?

在奔跑去佟依依家的路上,我的大脑还是忍不住去思考这点……忽然，我停下了脚步，脑海渐渐有了一个想法，也想到了那一天的夜晚。

我顺手拦了辆出租车，报上了自己家的住址。是那几乎不曾属于我的家。

我需要证据，我需要一个更确凿的证据，好证明我跟佟依依所发生的任何一切事情，都不只是一场梦。

随着出租车越来越接近那曾经熟悉的路段时，我仿佛也看见了那天晚上佟依依跟着我来的场景，画面重叠了起来。

下了车，我深深地吸了一大口气，凝视着家里的大门，好一会儿，久久提不起勇气拿出钥匙串中最旧的那一把钥匙。

还记得那天是因为佟依依的关系，我才勉强进屋的，而且那时也是因为大家都看不到我……

“郭宇翔，在想什么？不过是回家有这么困难吗？你应该不是这么懦弱的人吧……”要是她在的话肯定也会这么说的。

咔嚓，我转开了门把手，映入眼帘的是对我来说依然陌生的家。

里头的摆设好像很多都变了？还是没有？不清楚。我缓缓地走着。

“哥哥啊……怎么这么早就回来了？”妈妈的声音从厨房传出来，她一向都习惯这么叫哥哥。

“……”

“怎么啦？今天回来一声不吭的……”妈妈边说边从厨房走了出来，在跟我四目交接的瞬间，我们都愣了愣。

“妈。”我淡淡地、几乎没有感情地说。

“宇翔，是你啊，怎么突然回来了？”她说，然后又冷漠地转身进厨房继续做自己的事。

什么啊？哪有改变什么？根本就没有。

“突然……想到好像有东西忘在房间里。”说着，我便独自慢慢地走上楼，每多爬一层，我就知道，那房间应该跟我当初离开家里的时候一样，什么都没改变，不然妈她应该会紧张地阻止我上去吧……

慢慢地爬到了四楼，我打开了那仿佛快要被冻结的房间的门，整个家都温暖，唯独只有这里是冰冷的房间。

然而在门被打开的瞬间，我还是愣住了，即使前一秒没有抱任何的期待，我还是愣住了。

跟我和佟依依来的时候一样，这里面摆满、贴满了我们FD乐团的照片、海报……连我们地下发行的EP单曲都有。

"是真的……是真的。"所有至今发生的一切都是真的，包括现在我活了，也是真的。

"佟依依……"

我冲下了楼，看见妈妈站在厨房一动也不动地在发呆，我知道，她现在想要跟我说什么我都知道，一定跟那天晚上的一样……

而我，也只是淡淡地说："妈，今年过年我会回来。"

"是吗？好啊。"她背对着我说。

"那我……走了。"

"宇翔，圣诞快乐。"

"圣诞快乐。"

即便对话还是如此简短，但我知道，过去某些一直无法往前、阻碍我和家人之间的线，好像正在慢慢地消失，也许有一天，我也能感受那些哥哥从小到大所得到的关爱。

也许。

会改变的。

因为已经在改变了。

从这一切奇妙的发生，遇见了佟依依之后，都开始在改变了。

“放心吧，我会找到你的，我相信现在你一定也在找我，别放弃！佟依依！最好别给我放弃！”

搭上了出租车，我直奔佟依依的家。

一下车，就看见佟依依的奶奶正在门口扫着地。我先对老奶奶尴尬地笑了笑。

“年轻人，找谁啊？”

“请问……佟依依在吗？”

“你应该是她的客户吧？她出去了呢，好像有什么很重要的事，饭也不吃就出去了。”

“这样啊……”出去了……是去找我吗？

圣诞节、圣诞节……对了，我记得她好像说过陈威宇有约她今晚见面，要讲清楚当初的一切。

她不会到现在还傻得跑去见他吧？不会吧？

“你……满脸担心呢，年轻人。”

忽然，我想到我身上好像还有今晚演唱会的一些票，原本当初我是打算在今天拿去分给一些喜欢我的女生的。

“老奶奶，如果她回来了，可以帮我把这个交给她吗？”我拿出一张票说。

老奶奶接过之后，推了推老花镜看了看：“哦，你是歌星啊？”

“呃……不是的，只是个地下乐团的主唱。”

“乐团啊，呵呵，真好啊！年轻真好。我会交给她的。”

“谢谢您！那我就先走了。”

坐上出租车，我叹了口气，莫名地感到害怕，我在害怕什么？反正同样都住在一个城市里，我难道还会怕见不到她吗？

手机响起。

“他妈的郭宇翔！你至少也给我死过来现场彩排吧！你别告诉我你现在还有心情约会！”琪拉几乎暴跳如雷地吼道。

“知道了，我马上赶过去。”

对，要彩排，因为她有可能真的赶来看，要彩排，还要改变一下演奏的曲目部分，虽然在这种比较正式的表演上，我们几乎都是演奏自己创作的歌曲，可是，今天得改变一下了。

“我等你，佟依依，你一定要……赶过来。”

如果命运让我们巧合地发生了这些事，那么命运肯定也会再度让我们以另一种方式重逢。

你不是最喜欢命运这种东西吗？相信吧，这一次我跟你一起相信。

一杯简单的美式黑咖啡，随着时间的过去，渐渐地变凉，我却一口都还没喝，只是静静地看着。

“依依……你变了好多，感觉你好像很累了。”陈威宇从头到尾一直坐在我对面自说自话。

就算我不回答，他好像也觉得没关系，认为我一定在听。

他说我看起来好像很累，是啊，怎么可能不累呢？被命运这样子反反复复地要弄，怎么可能不累呢？

我累了。

好累。

一直找不到郭宇翔好累，再度看见陈威宇也好累，发现自己活着却很失望的自己好累。

果然死了好像比较好呢，没有这么多麻烦的事。

我看着他，想着，他怎么还有那个脸见我呢？他怎么还是用那一贯的表情看着我呢——那一副好像我不管过了多久，都会盲目地深深爱着他的表情。

至于那句我一直想要问的“你是否爱过我”的问题，我竟然觉得不重要了，不再重要。

真是奇怪啊，为什么过去我还一直深深陷在自以为是的回忆，爱着这个男人呢？等到了真正的重逢，我发现，过去我自认为的爱，不过就是自己过度美化的幻想而已。

“你……没有什么话想要对我说的吗？”说着，他拿出了MP3，小声地放起了一首歌——《当你》。

“还记得这首歌吗？我从没忘哦……依依，我一直欠你一句对不起，和一个解释，你愿意听吗？”

我还是沉默地低着头。

这首歌让我想起的不再是他，而是郭宇翔。

听着歌，我发现我又鼻酸了。

如果有一天，梦想都实现。

回忆都成了永远，你是否还会记得今天？

如果有一天，我们都发觉。

原来什么都可以，我们是否还会停留在这里？

我很想你，即使才过了一天，我就是很想你，很想很想……你到底在哪里？

“依依，你哭了……”陈威宇愣愣地说着，“对不起，我不是故意的，我不知道我们的回忆到现在还是让你这么难过，我当初会娶她，只是因为一时的迷惑，我想成功才会娶她……我其实心底也是一直爱着你的……”说着，他竟然握住了我放在桌上的双手。

回忆被打断。

我冷眼看着眼前的男人，甩开了他的手，淡淡地说："拜托你，不要再一直说一些让我想吐的话了好吗？不要以为你能成为我人生的唯一记忆。"起身，我准备买单走人。

忽然，他抓住了我的手臂："你还是一样，像以前一样嘴硬。回到我身边吧，等到时机成熟我就会离婚，我们就可以在一起了。"

他还在自以为是地说着，多可笑。

这一刻，我把他过去对我不好，吼我、骂我、甚至打我的画面全部都集结在脑海里，这男人真的太可笑了！

"利用完别人就一脚踢开的个性，怎么你一直改不掉啊？陈威宇，我从没见过像你这么厚脸皮的男人。"看他那即将要爆发的表情，以及他越捏越用力的手，我不觉得痛，反而很有快感。

"怎么？又想要开始发泄你的脾气了？很抱歉，我已经不是你的谁了，你没资格对我发泄什么，还有，这里是公共场所，如果你不介意到时候跟我的律师泡个茶聊聊天的话，要干什么请自便。"

早该对他残忍一些的，要是我之前就有这么保护自己的话，或许就不会有那些伤害了。

下一秒，他松开了手，而我的手臂则已经被他捏得快要瘀青了。

"我请客，希望，我们不要有机会再见面。"我拿出一张大钞放在桌上，说完直接离开。

圣诞节，我彻底报复了那个男人，彻底将他的自尊踩在地上，即便我也没多好过——但，过去，就让它过去吧。

晚上快7点的时刻。

在我走出咖啡厅之后，外头是一片完全的黑夜。

可今晚，街上却特别热闹。

路人们都双双对对，脸上带着幸福的笑容。

郭宇翔到底在哪儿？现在的他——会不会，已经答应了琪拉的告白，两人正开心地吃晚餐呢……

那我呢？他忘了我了吗？

颓丧地，我搭上出租车回家。

一回到家，奶奶似乎早就在门口等我了，她说："别下车，你还有个地方得去。"

"奶奶……"看奶奶那副贼笑样，我摇了摇头，不会是想给我个什么圣诞惊喜吧。

"有个很帅的小家伙来找过你，他要你去今晚的演唱会。"说着，她把一张票递进了车窗内。

一接过，我一看到上头印着地下乐团演唱会的字样，就愣住了。演唱会的背面有许许多多地下乐团的名字，我却在一瞬间就看见了FD乐团的名字……

“郭宇翔……”

“发什么呆？快开始了哦！还不赶快去！上面不是写着开始时间7点半吗？”奶奶催促着。

“司、司机不好意思！可以麻烦你以最快的速度到这里吗？”

奶奶在窗外笑着挥挥手，我也笑了，紧张地笑。

赶得上吗？郭宇翔……你果然还是来找我了……再等我一下，再等我一下，好吗？

等我赶到体育场外时，时间已经差不多7点半了，我焦急地赶紧跑到入场门口，在剪票的瞬间，我听见了郭宇翔的声音。

“大家好，我们是FD乐团！今晚圣诞节的第一首歌曲，我们想要送给大家一首温暖的歌，来自MONGOL800的《小小的恋爱之歌》！希望大家在这特别的夜晚里，都能对自己重要的人，传达最想说的话！”

激昂的开场白结束，我冲进了会场里，虽然离得很远很远，我却在那一瞬间，再也无法移动脚步。

尖叫声四起。

“天啊！宇翔第一次在台上唱歌啊！”

“啊——好帅！”

“真的好帅！今晚没白来，听到宇翔唱歌了！”

“咦？可是宇翔不是不会说日文吗？”

“哇！那他肯定背了这歌词很久，好用心哦！”

难怪，前阵子我们还住在别墅时，偶尔，他会消失个几小时，不知干什么去了，是偷偷躲起来背歌词吗？

在我眼前演唱着这首歌的郭宇翔是这样耀眼，奇妙的钢琴加摇滚的经典再现，我看见他边激动地唱，边双手巧妙地在钢琴上来回游动，好耀眼。

在我周遭随着节奏摇摆尖叫的歌迷们，都为他而疯狂。

不过，不光是郭宇翔，其他的每一个团员，身上也像发了光般，拥有自己的特色而耀眼着。

离我，好远。

即便他唱着我们之间再熟悉不过的歌，即便这首歌里充满了他想对我说的话，我还是觉得他，原来是一个离我很遥远的人。

不过，还是为了他而感动，为了他而兴奋。

因为这一刻，他们的梦，他们对于未来的一个憧憬，终于往前迈了一大步。即便他们现在是地下乐团，但我知道，未来他们肯定能发光发热的。

而那个未来，不会有我。

在冥界的时候真的不觉得我跟他的距离在哪里，现在活了，回到原本的生活了，才清楚明白，他需要的是像琪拉那样可以随时随地在身边、一起追梦的女人。

不会是我。

不是我。

我听见他唱到了我们都最喜欢的那一段，唱得特别激动，我知道他为什么激动，我知道他肯定……现在回想到的回忆跟我一样。

眼泪不自觉地掉了下来。

为什么呢？为什么呢？为什么我们的梦……还是醒来了。

一首歌，短短的，像一场梦一样，还没听够，还不想听够就结束了。

我垂下了头，转身。

在转身的那一瞬间，郭宇翔突然在台上拿着麦克风说："佟依依！我知道你在这里！我知道你现在肯定会觉得离我很遥远要逃走了！梦，没有结束，所以你不准逃，听到了没有！"

此话一出，我愣住了，全场的听众们也愣了一下，然后放肆地尖叫了起来！

我回头，看见郭宇翔跟团员们比了个抱歉的手势，便走进了后台。

"哎呀！看来我们的宇翔要在圣诞夜去追他的最爱了，不过没关系！FD要献给大家的还有两首歌！请你们仔细聆听！"光耀接过了麦克风说，然后下一首属于他们的创作曲便直接开始了。

现场，整个气氛炒到了最热。

讨论的话题热度在整个演唱会里跟着音乐一起引爆。

我愣着，然后远远看到了一个身影正朝我站的门口冲过来，下意识地，我逃。

下意识地就想逃。

你这是在干什么呢？郭宇翔！你是笨蛋吗？你这是在毁你的梦！

开门，趁他还没发现我之前，我逃。

冲出了体育场没一会儿，我听见郭宇翔已经发现我，他在后头大喊：“佟依依，不准逃！”

“停！”我回头大喊。我们同时停了下来，在我们之间有着差不多一百米的距离。

我喘着气回头，看着他。

“就当作是梦就好了，就当作我们只是同时做了一场一样的梦！现在……梦醒了……就让我们回到……”

“你在说什么啊！你这是在逃避吗？你不是常告诉我不准逃避的吗？”

我忍住想哭的冲动，轻轻一笑：“我没有逃避，只是认清了我们的距离。”

“等一等！我还有话没跟你说！”

“别说！不准说！不要说……还有，不要再跟过来了。”说完，我转身又跑，准备冲到马路的另一边的瞬间，我听见了……

“我喜欢你！佟依依！”好大好大声的呐喊，传进了我的耳边。

我愣愣地停在路中央，想回头，再多看他一眼。

瞬间，来不及。

“小心——”

砰！

我感觉到我的身体被一辆车子给撞飞，在一刹那，我看见了郭宇翔为了要救我也冲出马路被撞了……

砰。

我落地，在许许多多的回忆快速在我脑中不断地飞跃过时，我咧着嘴，笑了。

所以，我这次是真的死了吧……郭宇翔会不会也死了呢？我希望不要，这样他真的再也不能继续他的梦了。

老天啊，你耍我耍这么久，答应我最后一个请求吧。

让他，别死好吗？

我已经没有遗憾了，因为我听见他对我说了那句话。

这样子，就够了。

如果老天一下让我死一下让我活，那么我想知道的是，下一次睁开眼，我会在哪里？

Chapter 15

哐啷啷——

一大清早的，孟婆的酒吧就有客人了。

是罗莉，她那稚嫩的脸庞难得露出自然的笑容。

看着孟婆正专心地在洗手台边洗东西，她微微地笑了，正想要喊她的时候，一旁已经有另一个家伙发现她来了。

“啊！罗莉哦！真是准时来呢。”那个穿着依旧走自以为是的雅痞风的痞子笑道。

“臭老头……”她撇撇嘴，很不想看到他的样子。

“啧啧，还是一样没礼貌。”

“哼，彼此彼此。”

“好了，我说你们，有必要一见面就吵吗？”孟婆边擦着手边摇摇头说，“来，大清早的来个牛奶酒再好不过了。”

“牛奶酒！好哦！”罗莉一听马上高兴地跳到吧台边乖乖坐下。

“是今天了吗？”孟婆把两杯牛奶酒放到他们面前，对着那个痞痞的家伙说道。

“是啊。”

罗莉听着他们说着她听不懂的话，不高兴地抗议：“原来有内情！我就说奇怪，臭老头儿你千辛万苦地替他们牵了线，怎么最后是搞个凄美爱恋一起双宿双飞！”

“哼，拜托，我才不玩那么无聊的招数好吗？就这样让他们在冥界走一回，然后开开心心地在一起？那岂不是太无聊、太有损我月老的身份？”他骄傲地说。

罗莉马上给了他一个鄙夷的笑容。

“你也真是的，明明就是因为你不希望他们的脑海存留在冥界的记忆才这么做的……”孟婆替他解释说。

“孟姐，你还帮他解释，会不会太宠他啊？”罗莉嘟着嘴说。

“本来就是不应该有这里的记忆，这样违反了这个世界的规则，不然干吗要投胎的鬼都得来我这儿喝个孟婆酒呢？”

“哦……”

“就说嘛，小孩子就是小孩子，果然都不会懂大人做事的用意。”月老有了孟婆帮忙给解释，跟在一旁附和。惹得罗莉狠狠瞪了他一眼。

“而且啊，如果直接去掉了在这里所有的记忆，那么连带着在这里萌生的情感也会不有的。”孟婆简直就快成了月老肚里的蛔虫了，连这点都清楚地知道。

“所以，你才让他们像做了场大梦一样？”罗莉瞥了眼月老。

“明白我的良苦用心就好。”

“我看你根本就是怕玩不死人家好好的一对不甘心吧？孟姐都有跟我说，你每次牵线都越牵越离谱，都喜欢让人家一下在一起一下分离的！怎么会有你这种月老啊！”

“没谈过恋爱的小鬼别在那里叫了，我看你是羡慕吧？怎么样？我看这次的谢礼，就让老子我送你一次短暂的红线，过过瘾？”

“臭老头儿！”

眼看两人没讲多久正经话又打了起来，还干脆出去酒吧外头打，孟婆淡淡地笑了。

不过她知道，她永远都知道月老会喜欢这么牵线的原因，是想让他们都先尝尽了分离的痛苦以后，才不会轻易地因为一起遇到的挫折就放弃了一切。

他最近老是在说，时代变了，人们动不动就是离婚。有的时候，自己因为这样错过了真正适合自己的伴侣都不晓得。

太悲哀了。他总是这么说。

而她在这个时候总是会牵起他的手，对他说：“那努力不就好了，努力让悲哀的事情变少，再多努力一点不就得了？不管怎样，我们相恋了千年是个事实，你一定要努力把这个永恒分送给每一条红线，这样不就行了？”

然后他总是会恢复笑容。

孟婆边看着外头打闹成一团的两个幼稚鬼，边笑笑地点了一根烟，想着又有一段美好的恋情即将发生了，她就觉得开心。

不然每天在这里看到来来去去的鬼，太悲伤了。

白色。

在她缓缓睁开眼的那一刻，她似乎身在一个全是白色的地方，以及刺鼻的药水味。

她记不起自己到底怎么了。

等她想要动一动身子才发现，全身好痛。

“依依……你醒了，你终于醒了！”奶奶从病房外一走进来，看见她便激动地说，马上凑到了她旁边握着她的手问她怎么样。

“奶奶……”

“依依……醒了就好，醒了就好啊！奶奶担心死了！”

“我……车祸了？”对哦，她想起来了，圣诞节的时候，她正准备

要过马路到对面，赴陈威宇的约……然后，她好像就被撞到了。隐隐约约地，她有些微的印象。

“我是不是睡了很久？奶奶。”

“一个月了，你整整昏迷一个月了。”

这么久？好像真的有这么久，因为她好像也做了一个好长好长的梦，可是在这清醒的瞬间，梦见什么她已经不记得了。

咔嚓。

病房门又被人打开，一群穿着打扮都特别显著的年轻人走了进来。

走在最前方的红发女孩，一见到她隔壁床的病人，便激动地喊道：“郭宇翔！你醒了！”

“琪拉……”他还有一点恍惚地看着眼前乐团的大家。

“你再不醒我们真的都不知道该怎么办了！”小猫说。

“我……对哦……”圣诞节要赶去体育场的那天，他好像被车撞了……“那么我们的演出不就……对不起。”他愧疚地说。

“对不起什么啊？等你好了，再继续努力不就得了？我们已经要红了呢，一定有很多演出等着我们去争取的。”光耀笑道。

郭宇翔虚弱地一笑，也是。

“真是的，现在年轻人真不懂规矩，在病房里大吼大叫的……”坐在佟依依旁边的奶奶唠叨着。

佟依依悄悄地瞥了眼隔壁病床的人，目光扫了躺在床上的郭宇翔一眼，抿了抿唇。

“好面熟。”她淡淡地自言自语着。

“依依啊，那个姓陈的来看过你好多次，赶都赶不走，你记得啊，别理他听到没有？”奶奶嘱咐着她，“奶奶现在先替你回家熬点汤来补一补！医生说只要你能醒，一切就都没问题了……啊，看我老了真是，都忘了赶快叫医生来看看。”

一旁的琪拉似乎也听见了老奶奶说要叫医生，才激动地说：“对哦！叫医生！先叫医生来给你检查一下！”

“我跟艾力克先去帮你买点热汤！”光耀说。

“我去买个饮料。”小猫也跟着说。

一伙人，两张病床的家属朋友一下子便一哄而散，好像他们的清醒很让人忙碌似的。

郭宇翔笑了笑，突然恢复安静的病房，让他很不习惯，因为他也不知道自己到底昏迷了多久，好像他今天才刚来住院似的。

瞥了眼隔壁床的女孩儿，刚刚好像有听到，她也要做检查。

“你也昏迷了很久啊？”

佟依依一听，转过头看着他。

两人视线交织的瞬间，几乎是同时，有了一种奇怪的感觉，真的似曾相识……

“好面熟。”

他们同时说。

接着，两人又同时扑哧一笑。

“说不定我们昏迷的时候，一起做了个梦呢。”他开玩笑地说。

“是啊。”她笑了笑，然后，一个再熟悉不过的男人走了进来。

“依依……”陈威宇轻轻开口叫了她的名字。

“你……”好奇怪，真的好奇怪，为什么这个就算在婚礼放了她鸽子，她却还是忘不了的男人，在清醒的这瞬间，她发现她对他似乎不再有过去那么强烈的冲动了。

反而觉得很普通。

“你还好吗？刚刚我一来知道你醒了，你不知道我有……”

“停，可以请你出去吗？我不认为我想看到你，看到一个对我残酷的男人。”

“你怎么了？依依，你不记得我了吗？”

“哈！好好笑，难不成你以为我昏迷个一个月，就会上演失忆的戏码？够了，我是病人，我需要休息，更有权可以拒绝看到不想看的人。”

陈威宇愣愣地瞪着眼前的她，不敢相信她竟然也会有如此冷漠对待他的一天，她不是很爱他吗？爱到就算他对她怎样还是爱的吗？

“出去。”她又讲了一次，他才愣愣地走出去。

郭宇翔看了他一眼，耸耸肩问：“男朋友？”

“错，是好久之前的前男友，就像过了好几百季的超复古前男友。”

“嗬，好怪的比喻。”

“哈，我也觉得。”

然后，医生便带着两个护士走了进来。

“简直是奇迹了，同病房的威力真可怕，你们两个是奇迹。”医生激动地说，然后赶紧帮他们做了一些简单的检查。

“为什么说我们是奇迹？”

“你们两个是几乎同时在不同地点发生车祸的，还很巧地同时送进同一家医院，又同一个病房，在几乎快要变植物人的时候，你们又同时醒来，这不是奇迹是什么？”

两人听着医生绕啊绕地讲着，头都晕了。

“就是很巧，对吧？”佟依依问。

“是啊。好了，你们大概没什么问题了，下午会替你们安排一个全身检查，都没问题的话，再观察几天，就可以出院了。”

两人点点头，然后还是迷惑不解。

“这样听起来，真的很巧。”郭宇翔淡淡地说。

“是啊，好巧。”她也认同地说着。

这时病房又有人进来了，是一对中年夫妇，只见郭宇翔诧异地瞪着他们，说不出话了。

“宇翔，你终于醒了……”

“爸、妈……你们怎么……”

“对不起，孩子，直到你出事了，我们才知道其实你真的很重要，对我们很重要。我知道我们彼此有太多的误会，醒了就好，等你好一点，我们回家吃饭，再慢慢聊，好吗？”女人温柔地说着，然后还宠爱地摸着他的额头。

“你们……”他看着眼前的父母变化如此大，有点反应不过来，但……却莫名地开心。

“那我们先走了，看见你终于醒了，真的就放心多了。”他的爸爸也欣慰地说。

然后两人便离开了。

佟依依在这时也补了一句话：“跟家人常冷战哦？呵呵，要珍惜，有误会也一定要解开，这样才叫家人啊。”

“有没有人说过你真的很爱多管闲事呢？”他恢复了一贯的冷淡，说。

“咦？你怎么知道？好厉害！”

——拜托，这他用屁股想都知道！谁叫他……咦，他怎么了？

“我怎么觉得，这一觉醒来，好像真的睡了很久很久，久到……好像忘了一个很重要的梦？”他喃喃自语着。

“你也有这种感觉？我也是，而且你真的好面熟哦，难道我们真的一起做了个梦？”她开朗地笑道。而且，这一觉醒来，仿佛一直压着自己的沉重心情，也不见了。

“我那是开玩笑的，你还真的信啊？”真笨！他摇了摇头，不太习惯她天真烂漫的个性。

“哦……”

就这样，因为不认识，所以两人也没再交谈，等到各自的家人朋友都来了，两张病床很自然地从中间隔了一道无形的墙。

各自在各自的世界，笑着，聊着。

因为昏迷太久，他们觉得好像真的好久没跟自己身边重要的人好好聊一聊了，即便隐约地感觉到好像真的有什么事情改变了，他们也不去在意，不知道该怎么去在意。

过了好几天，两人几乎没有交谈，因为周遭的人一个接着一个来探望的关系，几乎忘了同病房那总是什么都很巧的不认识的人。

当佟依依一觉好眠后醒来，奶奶在一旁笑着说中午就可以出院了，看着奶奶那样的笑容，她也笑了。

“那奶奶就先去办理手续哦。”

“嗯。”

接着，她很自然地转过头，瞥向旁边的病床，发现早就空无一人。

“什么啊，已经比我早出院了啊……”她走下床，撇撇嘴说。

忽然，她看到床边的地上有一张纸，好像是不小心被遗落下来的。好奇地捡起来一看，发现这是一张乐团在用的团谱……

“咦……”在看到歌名的那一瞬间，她愣住了。若有若无的梦境般的画面在脑海闪过，只是闪过。

“这首歌……”为什么她对这首歌产生的记忆，不再是那场印象深刻的婚礼？而是……一种模糊的情绪。

好像很快乐，却又带了点悲伤的情绪，还有……思念。怎么会？思念？她要思念谁？好奇怪……不自觉地，她轻轻跟着谱慢慢地哼唱了起来。直到哼到某句的时候，那种莫名的情绪更强烈了。

“你也听过这首歌？”郭宇翔恰巧地走回了病房，因为发现这张谱好像掉在这里了，所以要琪拉他们在楼下等，自己上来找。

“咦……嗯……”她吓一跳地转头，愣愣地把谱交给他，“原来你是玩乐团的人啊，呵呵！第一次遇到呢，我一直在想，玩乐团那一定是一件很热血、很追逐梦想的事情。”

“差不多就像你说的那样喽，只不过我家的团员有时候很白痴就是。”他笑了，很自然地笑着，连他自己都没发现，自己能这样笑。

“真好！”她也回应他一个自然的笑容。

“哦，这张票给你，住院住了这么久，其他团员们昨天早就跟一间酒吧谈好了演出时间，还售票的呢，有兴趣吗？”当他意识到自己拿出票送人家时，自己也吓了一跳，他从不曾这样做的，他一向都只送票给有利用价值的女人，且一眼就可以看出很迷恋自己的女人，怎么——他会给一个完全不符合条件的人？当然，这个想法很快就被带过，被她那激动回应给带过。

“真的假的！我从没去过演唱会啊！好棒！”

“也不算演唱会啦……”

“真的！我说真的好棒！”她兴奋地强调，两人双眼直视着。

然后，两人微微一笑。或许，真的是巧合。他们一起遭遇车祸，住院，同时醒来真的只是巧合。但是，有一种感觉不是巧合就能解释过去的。他们在心底都这么想着，这个似曾相识的人，好像他们都已经很熟悉对方的一切一样，似曾相识的人。

“对了，既然你都说要来了，那么我送你一张票，你送我一顿晚餐，如何？”

“咦！怎么这样！你这人好没诚意！”

“好说！”

“小气哦！票可是你自己说要送我的！”

“不要啊？那还我啊！”

“谁理你！哼！请就请！老娘我请你吃卤肉饭！”

“喂喂……你这人才没品呢！”

不知不觉，两人好像很习惯地斗起了嘴，只是他们都没发现，两人之间的相处，竟然自然得有点太快。

或许，很快就会发现了，很快。

——全文完

后　记

《记忆爱》这本小说讲述的故事对我来说非常有意义，它的曾经的名字是——《一天醒来，我死了》。

那个故事完成在几年前的夏天，也是从那个夏天开始，我对于写小说这件事，比较有感觉了。

虽然几经波折与困难，《一天醒来，我死了》终究无法出版成书，于是，我有了个想要把它重新改写的冲动。

男女主角的名字不变，真正的骨架不变，重头来写。

本来我还很怕跳脱不出这个故事原本的样子，不过，很高兴，我看见了它新的生命。

很高兴看见，网站上的读者，本来还会联想到《一天醒来，我死了》这本书的，最后却真正地把它看成一个新的故事了。

我很感激，也很高兴。

走了好长一段路，我真的很高兴它有这个机会，变成一本书。

也希望看到最后一页的你，能够感受到其中淡淡的幸福。